www.mayabooks.co.kr

www.mayabooks.co.kr

재벌집 망나니
7대독자

재벌집 망나니
7대독자 ⑥

지은이 | 앤서
펴낸이 | 권순남
펴낸곳 | (주)마야 · 마루출판사

등록 | 2008. 1. 7 (제310-2008-00001호)

초판 인쇄 | 2020. 5. 14
초판 발행 | 2020. 5. 19

주소 | 서울특별시 노원구 동일로237가길 17, 신영산업 BD 602호
대표전화 | 02-2091-0291
팩스 | 02-2091-0290
이메일 | marubooks@mayabooks.co.kr

ISBN | 978-89-280-7640-6(세트) / 979-11-368-0303-0
정가 | 8,000원

잘못된 책은 교환하여 드립니다.
저자와 협의하여 인지를 붙이지 않습니다.

「이 도서의 국립중앙도서관 출판시도서목록(CIP)은 서지정보유통지원시스템 홈페이지(http://seoji.nl.go.kr)와 국가자료공동목록시스템(http://www.nl.go.kr/kolisnet)에서 이용하실 수 있습니다.」
(CIP제어번호:CIP2020016656)

MAYA&MARU MODERN FANTASY STORY

재벌집 망나니
7대 독자

앤서 현대 판타지 장편소설

❖ 목 차 ❖

제1장. 면접 ···007

제2장. 위장 취업 ···049

제3장. 복수 ···091

제4장. 비선, 그리고 소재 전쟁 ···143

제5장. 후지 고오에 ···207

제6장. 자식 이기는 부모 없다 ···247

제7장. 탐욕의 끝 (1) ···289

재벌집 망나니
7대독자

*이 소설은 픽션입니다. 모두 허구임을 알려 드립니다.

살인 본능을 다시 일깨워 준 것은 다름 아닌 아버지 이만식 회장이었다.

살인을 빌미로 안락사 시키겠다고 협박까지 하던 영감이, 살인을 암묵적으로 용인한 것도 모자라 시킨 것이나 다름없었다.

그 이전까지의 이재희가 그냥 미친놈이었다면…….

그 이후로는 생각하는 미친놈이 되었다.

필요하고, 증거만 감출 수 있다면 언제든 살인이 용인된다는 것을 깨달았다.

그리고 또.

아버지 이만식 회장의 니즈를 충족시켜 줄 수만 있다면,

다시는 디그니타스에 가지 않을 것이란 확신도 얻었다.
 그래서 배우고, 계획하고, 정교하게 다듬었다.
 이후의 첫 살인은 그다지 유쾌하지는 않았다.
 차로 밀어 버리고 죽어 가는 걸 지켜본 것이 전부였다.
 '박주운이란 놈이었지? 등신 같은 새끼가 서경이를 넘보는 통에 아버지가 돌아 버렸었지.'
 그게 기회였다.
 자신만큼이나 꼴통인 동생 이서경이 어느 날 갑자기 등신 같은 놈을 데리고 와 결혼하겠다고 난리를 피운 것이다.
 집안에서는 당연히 난리가 났다.
 그때 아버지 이만식 회장이 은근히 암시를 주었다.

 '그놈 누가 좀 죽여 줬으면 좋을 텐데……'

 그 말은 이재희에게 다르게 들렸다.
 '가서, 그놈 좀 죽여 버려.'
 이렇게.
 그렇게 증거를 남기지 않고 한 놈을 보냈다.
 그리고 곧 SEE YOU에서 오더가 들어왔다.
 죽여야 할 놈은 차고 넘쳤다.
 SEE YOU는 보다 거창한 살인을 했다.
 상황을 만들어 사람들을 죽음으로 내모는 것 말이다.

9.11이나 서브 프라임 모기지가 그랬다.

그러나 그런 것은 이재희에게 만족도가 적었다.

이재희는 그들과 다른 과였다.

보다 은밀하고, 직접 죽어 가는 것을 바라볼 수 있어야 쾌감은 최고조에 달한다.

아버지 이만식 회장이 그랬다.

공포에 질린 눈동자로 자신을 바라볼 때, 이재희는 깊은 쾌감을 느낄 수 있었다.

여자들과는 색다른 맛이었다.

그러나 지금은 반기를 들 때는 아니었다.

그래서 오늘 만난 SEE YOU의 남은 몇 늙은이와 함께 거사를 도모한 놈들을 죽이는 것은 뒤로 미루어 둬도 좋을 것 같았다.

이재희는 깊은숨을 들이쉬었다.

'메리 앤이라고 그랬지? 고것 참!'

혼돈 속의 평온.

혹은 자기애적 평온이라는 말이 있다.

이 말은 평온과는 거리가 먼 상황에 어울리지 않게 차분한 반응을 말한다.

존. F. 케네디를 암살한 리 하비 오스왈드가 그랬고, 1995년 오클라호마시티 폭탄 테러를 일으켜 168명의 희생자를 낸 티머시 맥베이가 그랬다.

미국 역사상 최대 규모의 다단계 금융 사기를 주동한 버니 메이도프가 체포되었을 때도 그랬다.

그리고 자기 아버지 장례식을 치르다 이진을 만난 이재희도 그랬다.

이재희는 끔찍한 상황이었다.

아버지가 죽었고, 성산의 남은 재산은 헐값에 테라로 모두 매각되고 있었다.

이재희에게 그게 끔찍하지 않으면 무엇이 끔찍하겠는가?

더구나 이재희는 아버지에게서 정식으로 경영권을 물려받은 적도 없다.

한마디로 아무 대비도 없이 아버지가 죽어 버렸고, 모든 것을 잃어 가는 중이었다.

'그런데 그놈은 마치 아무 일도 없다는 표정이었어.'

그랬다.

이놈은 분명 살인에 길들여진 놈이 분명했다.

반사회적 사이코패스라고 해야 하나?

아니면 소시오패스인가?

이진조차도 이재희의 병명(?)을 정확히 종잡을 수 없었다.

이진은 부지런히 이재희에 대한 정보를 수집했다.

어렸을 때부터의 성장 과정, 활동, 성과는 물론 은밀한 부분까지 조사해 나갔다.

태도나 성향은 이름을 바꿔 FBI의 국가 안보 행동 분석 프로그램으로 보냈다.

그 부서에서는 얻은 결과로 비언어 커뮤니케이션에서 나타나는 문제들을 수집했다.

2014년 초, 러시아와 우크라이나 사이에 크림 반도를 두고 전운이 감돌았다.

2014년은 박주운이 기억하기에 유난히 사건 사고가 많은 해였다. 그러나 이진은 더 이상 그런 사건 사고를 기반으로 움직일 수 없었다.

이미 경고를 받은 것이나 마찬가지였다.

그래서 온전히 이재희에게 집중해야 했다.

1월 10일.

테라 계열사들의 이사회가 열렸다.

부정부패 수사가 마무리 단계에 접어들면서 다수의 이사가 수사 선상에 올랐고 자리에서 물러나야 했다.

그런데 회장과 부회장들은 그대로였다.

문소영이 오후 늦게 이사회 결과를 가지고 들어왔다.

메리 앤은 이진보다 더 궁금한 모양이었다.

"어떻게 됐어요?"

"그게… 새 이사를 선임했습니다."

"그거 말고요."
"회장님들과 부회장님들은 모두 직무를 계속 유지하는 것으로……."
문소영이 대답을 하다가 메리 앤의 표정이 굳어지자 입을 다물었다.
"회장들하고 부회장들은 모두 그대로라고요?"
"예. 그렇습니다."
이진의 질문에 문소영이 고개를 숙이며 대답했다.
모두 물러나 주길 바랐건만.
"그럼 HTBS 차 언니는요?"
"그쪽은 아직 이사회가 열리지 않았습니다. 게다가 방통위의 허가가 필요한 사안인지라 쉽게 물러나기도……."
메리 앤은 가장 먼저 강우신의 처 차진영을 물고 늘어졌다.
근데 호칭이 차 언니다.
"강 회장님하고 선상진 부회장님도요?"
"예. 모두 이사회 결의로 대표이사와 이사 자리에 그대로……."
"그럼 책임은 누가 지는 거예요?"
"그건… 비리에 연루된 이사들만 물러나는 것으로……."
"이래도 되는 거예요? 우리 감사팀 보고대로라면 회장부터 싹 다 물러나야 해요. 고의든 아니든 전부 연루되었잖아요."
메리 앤이 이진을 바라본다.

이진이 보기에도 분명히 회장들이 책임지고 물러나야 할 사안이었다.

그리고 새 회장을 선임하고 그 새 회장은 맨 아래까지 부정부패와 관련된 사람들을 회사에서 내보내야 한다.

그럴 것이라고 믿었다.

넌지시 언질도 주었다.

그럼에도 불구하고 아무도 물러난 사람이 없었다.

사태의 심각성을 모르는 것일까?

주총을 소집해 잘라 버리면 그만인데, 어째서 물러나지 않는 것일까?

"그러게. 그냥 덮고 갈 모양이네."

"그러면 안 되죠."

이진의 대답에 메리 앤이 눈을 동그랗게 뜬다.

어떻게든 해 보란 소리다.

이재희를 조사하는 것 외에는 다른 일이 없었다.

그리고 모든 사업 부문은 각각 그룹사별로 착착 진행되고 있다.

그걸 점검하는 것은 본사의 팀이니 그럴 수밖에 없었다.

하지만 개별 회사들의 라인은 이진이 보기에도 그대로 건재했다.

"그럼 내가 좀 나서야겠네."

"마치 하기 싫은 사람처럼 그러시네요. 같이해요."

"유니버스 새해 업무도 많잖아."

"그건 영주 아가씨가 잘해요."

"……."

이진은 메리 앤의 눈총을 계속 받자 결정을 내려야 했다.

퍼니셔가 되라고 했다.

괜히 나서서 역사를 바꾸지 말라고 말이다.

그건 다시 생각해 봐도 분명 경고였다.

그 경고를 무시하고 회사를 더 키우면서 이미 확보한 에너지원의 전 세계 상용화를 밀어붙이는 것은 위험했다.

"좋아. 그럼 좀 재미있게 해 보자."

"어떻게요?"

"이번 달 20일부터 유통 채용 있지?"

"예, 회장님! 매장 확장으로 인해 인력이 부족한 상황입니다. 그래서 전반적으로 모집 공고가 나갔습니다."

문소영이 대답했다.

"그럼 거기부터 제대로 돌아가는지 확인해 보자고. 우리 메리를 좋아하는 그……."

"이민철입니다. 이번에 부회장으로 승진했습니다."

"흠! 심지어 승진까지……. 정말 유니버스 회장님 라인은 막강해."

"자꾸 놀릴 거예요?"

이진이 메리 앤을 연결시키자 메리 앤이 눈을 흘겼다.

"이민철 부회장님 라인이 아마 프린스턴이지?"

"여보!"

문소영이 입을 막고 웃는다.

이진은 계속 능청을 떨었다.

"프린스턴부터 조사를 해 봐야겠어. 들리는 소문에는 유통 부회장님이 대학 시절 유니버스 사모님을……."

"뭐라고요? 이리 안 와?"

메리 앤이 달려들자 이진은 황급히 꽁무니를 뺐다.

성북동 저택에는 때 아닌 술래잡기가 시작되었다.

"이걸 입어 보라고요?"

"응. 아마 어울릴지도 몰라. 메리도 좀 저렴한 스타일이잖아."

"정말 계속……."

이진과 메리 앤은 동대문으로 쇼핑을 나왔다.

이진은 메리 앤에게 재미있는 제안을 했다.

유통에 지원서를 내고 과정이 어떻게 돌아가는지를 직접 확인해 보자는 것이었다.

재미있을 것 같기는 한데 문제가 있었다.

이진과 메리 앤을 알아보는 사람이 있을지도 모를 일.

'아니야. 아마 약간만 스타일을 바꿔도 전혀 모를 거야.'
'그럴까요?'

이진의 말에 메리 앤의 눈동자도 소녀처럼 빛났었다.
 동대문 쇼핑의 목적은 편하고 보편적인 옷을 사는 것이었다.
 이진은 월남치마를 내밀며 메리에게 권했다.
"이게 요즘 아줌마들한테 제일 유행하는 거야."
"나 아줌마로 보여요?"
"그럼. 애가 셋인데······."
찌리릿!
"내 말은 그렇게 보여야 된다는 거지."
메리 앤의 눈빛에 이진은 얼른 한발 물러섰다.
 동대문을 돌아다니며 쇼핑을 하는 것은 재미있었다.
 이진과 메리 앤은 옷을 직접 사는 경우가 드물었다.
 이진은 재단사가 와서 직접 치수를 잰 후 옷을 만들어 온다.
 메리 앤의 경우는 카탈로그를 통해 확인부터 한다.
 메리 앤에게는 한 달이면 수백 통의 명품 의류와 용품 카탈로그들이 들어와 쌓인다.
 그리고 시어머니 데보라 킴도 툭하면 옷이나 신발, 백을 선물한다.
 그러니 서민들이 주로 애용하는 시장에서 무언가를 사는

것은, 과거 뉴욕 한인 마트에서 라면을 살 때를 제외하면 처음이나 다름없었다.

"아이고, 두 분 스타일이 너무 좋으시네요. 선글라스도 A급이고……. 뭐 찾으시는데?"

"뭐 있는데요?"

이진과 메리 앤이 옷을 고르고 있을 때, 한 여자가 다가와 말을 걸었다.

경호원들은 멀리 있어 이진은 편하게 대답했다.

"없는 것 없이 다 있지. 그건 홍콩 거죠?"

여자가 메리 앤의 선글라스로 손을 뻗었다.

평범한 라이번 선글라스였다.

"얼마에 샀어요? 우린 같은 거 A급으로 4만 원이면 되는데……."

호객꾼의 말에 메리 앤이 반격에 나섰다.

"테라 페이는 안 받아요?"

"테라 페이는 6개."

"어머나! 왜 테라 페이로 계산하는데 더 내야 해요?"

메리 앤이 의아해하며 물었다.

이진 역시 궁금했다.

1테라 페이가 10달러.

단위는 소수점으로 내려간다.

한데 테라 페이로 결제를 하면 웃돈을 요구한다.

카드가 아닌 현금을 우대해 주는 것은 봤지만, 테라 페이를 깡하는 것은 처음이었다.

"다 그래요. 편의점이나 마트 제외하고는 모두 테라 페이는 웃돈 붙여요. 빠져나갈 구멍이 없잖아. 다 먹고살자고 하는 일인데……."

테라 페이가 현장에서 거래되는 데 문제가 있다는 말이었다.

또 너무 투명한 것도 문제란 이야기로 들렸다.

이건 중요한 일이었다.

"우린 낼 거 내고 살게요. 그리고 짝퉁은 안 사요."

메리 앤이 벌컥 화를 내고는 걸음을 옮겼다.

이진은 웃으면서 뒤따랐다.

옷을 몇 가지 고르고 양복도 샀다.

메리 앤은 저렴해 보이는 투피스를 골랐다.

모두 중저가 정도로 동대문 자체 브랜드였다.

다음 날 아침.

이진과 메리 앤은 사 온 옷을 갈아입고 스타일을 바꿨다.

그리고 사진사를 불러 이력서에 붙일 사진을 찍었다.

"어머! 정말 두 분이 아니신 것 같습니다."

"그렇죠? 아무도 모르겠죠?"

문소영의 반응에 메리 앤은 놀랍지 않느냐며 너스레를 떨었다.

사진을 찍고 그걸 이력서에 붙여 전자 원서를 보냈다.

남은 것은 면접이었다.

이진은 테라 유통 자재팀에 지원했고, 메리 앤은 회계팀에 전자 지원서를 접수했다.

나이 제한이나 학력 제한이 없었기에 특별히 기록할 것은 없었다.

그리고 기다리다 보니 일주일이 후딱 지나갔다.

2월 초.

동해안에 폭설이 내린 후 1차 전형 결과가 나왔다.

"두 분 모두 떨어지셨습니다."

"예?"

문소영이 민망한 표정으로 고개를 돌린다.

"그냥 웃으세요."

"정말 떨어졌어요? 왜요?"

이진과 메리 앤은 각각 다른 반응을 보였다.

메리 앤은 말도 안 된다는 표정이었고, 이진은 당연하다는 표정이었다.

"그래서 제가 알아봤습니다."

"뭘요?"

이어지는 문소영의 말에 메리 앤이 귀를 쫑긋 세웠다.

"들리는 소문에 의하면 합격자는 이미 정해진 상태라고 하더군요."

"예?"

"그래서 제가 손을 썼습니다. 참고로 한 분당 5천만 원씩의 면접 비용이 들었습니다."

"예?"

"세상에……."

그렇게 난리를 치고 석 달이 지났는데도 밑에서는 아무것도 달라진 것이 없다는 말이었다.

"누구예요?"

"워낙에 은밀해서……. 아무튼 면접은 보실 수 있습니다."

이진과 메리 앤은 서로를 마주 봤다.

먼저 면접을 보게 된 것은 메리 앤이었다.

아이들이 미국에 가 있어서 이진 부부는 자유로웠다.

메리 앤과 이진은 면접이 진행되는 테라 유통 연수원으로 향했다.

그리고 멀찌감치에서 내렸다.

"일단 한국인으로 면접장 근처에 근접 경호팀을 배치해 두었습니다. 근데……."

"꼭 이렇게까지 하셔야 하는지……. 위험할 수 있습니다."

문소영의 설명에 이진의 경호팀장인 마이크가 불만 어린 표정으로 바라보며 말했다.

문소영은 얼른 고개를 숙였다.

"이것도 일이에요. 그리고 면접장에서 무슨 경호할 일이 있겠어요? 제가 저로 보여요?"

"그건……."

메리 앤이 되받자 마이크가 얼버무렸다.

메리 앤은 메리 앤 같지는 않았다.

안경을 썼고, 머리카락은 검정색에 가까운 갈색으로 염색을 했다.

거기다 중저가의 정장을 입었다.

딱히 튀는 것이 없다.

그런 모습이 이진에게는 더 특별하면서도 섹시했다.

"그럼 다녀올게요."

메리 앤이 씩씩하게 주차장을 벗어나 연수원 정문으로 향하자, 일정한 거리를 두고 문소영이 따랐다.

이진은 그냥 차 안에서 기다리기로 했다.

"안녕하세요."

"예. 몇 번이세요?"

면접장에는 대기하는 사람이 버글버글했다.

메리 앤이 간신히 앉을 자리를 찾은 후, 옆에 앉은 여자에게 인사를 했다.

"0721번이네요. 언니는요?"

메리 앤은 슬쩍 나이를 가늠한 후 언니라고 불렀다.

30대 중반 이상은 되어 보였다.

대략 168센티미터쯤은 되어 보이는데, 비교적 짧은 정장 투피스를 입고 있었다.

그런데 특이한 것은 스타킹이었다.

아주 눈에 띄는 것은 아니었지만, 검정 스타킹에는 잔 꽃무늬가 어지럽게 늘어서 있었다.

면접 오는 데 착용하기에는 적합해 보이지 않았다.

"난 0645번이요. 나도 작은 키는 아닌데 정말 크시네요? 좋겠다."

"뭐가요?"

"이번 면접 책임자가 최한일 유통 본부장인데, 키 큰 여자 좋아한다잖아요."

"예?"

메리 앤은 어이가 없었다.

그 사이 여자가 손을 내밀었다.

"난 조미연이에요. 아무튼 반가워요."

"전 채미리라고 해요, 언니!"

"이름 참 특이하네요."

"예. 그런 말 자주 들어요."

"일단 우린 가산점은 따 놓은 거죠. 저기 저 난쟁이 똥자루들은 절대 힘들걸요? 호호호!"

조미연이 나직하게 서너 명이 모여 수군거리는 여자들을 비웃었다.

"근데 전 회계팀 지원했는데 그게 무슨……."

메리 앤은 다시 슬그머니 물어야 했다.

왜 키 큰 여자가 회계팀에 필요할까?

조미연의 대답이 술술 나온다.

그것도 질문과 상관없는 말이.

"안경을 써서 그런지 정말 섹시해 보인다. 제대로 경쟁자 하나 만났는데요?"

"그게 무슨……."

"처음인가 봐요?"

"예."

"회계팀 지망했다고 합격해서 회계팀에서 근무하는 건 아니에요."

"그럼요?"

"정말 순진하네? 여기 대부분 테라 마트 캐셔 갈 생각 하고 온 사람들이에요. 원서에 쓴 건 말 그대로 지망이죠."

"아!"

지망이었구나.

조미연이란 여자의 말은 지원은 그렇게 하지만 실제 배치되는 곳은 다를 수 있다는 이야기였다.

"언니는 어디 지망하셨는데요?"

"난 관리팀이요. 근데 정말 그건 상관없어요."

"그러다 마트 캐셔로 가라고 하면요?"

"그거면 됐죠. 마트 캐셔 초봉이 5천이잖아요. 다른 곳에서 10년 일해도 5천 못 받아요. 게다가 따박따박 월급 오르죠, 회사에서 주는 혜택 빵빵하죠."

"……."

메리 앤은 다소 흐뭇한 마음으로 조미연의 이야기를 들었다.

남편인 이진이 자랑스러웠다.

단순 노동이나 마찬가지인 마트 캐셔에게조차 일반 회사 간부급의 연봉에 갖은 혜택을 주는 모양.

"거기다 애들 대학 등록금도 자식 수 상관없이 나오죠, 주택 지원금도 무이자로 주죠."

"그래요?"

"그뿐이에요? 5년만 일하면 연봉 1억이 돼요. 우리 같은 주부한테 테라는 꿀이에요, 꿀!"

"아……."

테라 유통의 복지 체계.

그걸 메리 앤은 다른 사람을 통해 듣고 있었다.

조미연이 입을 바짝 들이댄다.

"자기도 소문 듣고 온 거면서……."

순식간에 메리 앤은 자기가 되었다.

하지만 메리 앤도 나름 한국 여자들이 친해지면 어떻게 서로를 부르는지 알고 있었다.

드라마도 많이 봤고, 집에서 일하는 메이드들에게도 많이 들었다.

"제일 좋은 곳이 성북동 회장 댁 메이드. 근데 거긴 아무나 못 들어가요. 공개 채용도 안 하고요. 한영 쪽 줄이 있어야 한다고 그러더라고요."

"아! 한영 쪽 누구요?"

메리 앤이 듣기에 참 신선한 이야기가 많았다.

"누구겠어요. 한영 회장이죠. 그 여자가 직접 뽑는대요. 거기 들어가면 정말 어마어마하다더라고요."

"뭐가 그렇게……."

"수습만 버티면 곧바로 두 장. 2억이에요."

"아……."

메리 앤의 입에서는 탄성만 나온다.

메이드들에게 특별 대우를 해 주는 것은 사실이다.

이스트사이드에서부터 그래 왔다.

심지어 메이드들 중에 연간 한화로 10억 이상을 받는 여자도 있었다.

그런 사람을 시어머니 데보라 킴은 가족처럼 대했다.

집안 대소사를 다 챙겨 주고, 자식들까지 개인적으로 돌봤다.

그런 일들을 지금은 안나가 하고 있었다.

메리 앤은 슬그머니 자책감이 들었다.

유니버스 사업 때문에 바쁘기도 했지만, 이제는 자신이 테라의 안주인인데 집안일에 너무 소홀했던 것은 아닌가 싶다.

"거기만 들어가면 인생 펴는 거니까……. 그래서 나도 유니버스에서 자원봉사도 했어요."

"정말이요?"

"하는 척한 거지. 계열사들에서 유니버스 봉사활동 했다고 하면 가산점 붙거든요."

아!

유니버스 회장인데 왜 그걸 몰랐을까?

메리 앤은 기가 막혔다.

"미리 씨도 줄 있어요?"

"주, 줄이요? 아… 돈을 좀 내긴 했는데……."

메리 앤은 조미연의 말에 문소영이 한 말이 떠올랐다.

5천만 원을 면접 서류 심사 담당자에게 건넸다고 했다.

이진과 메리 앤은 그 줄을 타고 들어갈 생각이었다.

그러면 그 돈이 어떤 경로로, 어디로 흘러갔고, 누가 받아먹었는지 알 수 있게 될 것이니 말이다.

문제는 그게 거의 범죄 조직 수준이었다.

문소영이 바로 위 라인을 알아내지 못했으니까 말이다.

"내가 봤을 때 자기는 꼭 될 거예요. 너무 키가 큰 게 문제이긴 하지만, 여자인 나도 반하겠는걸?"

"호호호! 고마워요, 언니!"

"나중에 한곳에서 근무하게 될지도 모르니 잘 부탁해요. 난 유통에 부장급 줄 있거든요."

"아, 그러세요? 그럼 잘 부탁드릴게요."

"결혼했죠?"

"예. 그게 문제가 될까요?"

"전혀요. 애는요?"

"셋인데……."

"많이도 낳았네. 상관없어요. 내가 좋은 정보 하나 줄까요?"

"예. 그러시면 정말 고맙죠."

좋은 정보란 말에 메리 앤은 얼굴을 바짝 들이밀었다.

"면접관 중에 좌측 두 번째 앉은 사람이 있어요."

"아!"

별걸 미리 다 안다.

"그 사람이 안정필 차장이란 사람인데 부회장 라인이래요."

"부회장이면 이민철 이사님이요?"

"예. 부회장은 볼 일 없고, 아무튼 안정필 차장이 그렇게 유부녀들한테 들이댄대요."

"아, 예. 하지만 전 결혼했는데……."

"누가 모르나?"

조미연은 윙크를 하며 마치 메리 앤이 굉장히 순진한 아이라도 되는 양 나직하게 말했다.

"그냥 그쪽보고 살살 웃기만 하면 돼요. 그럼 나중에 들이대고 싶어서라도 아마 뽑아 줄 거야. 호호호!"

뭐지?

무슨 면접이 이따위로 진행이 되는 걸까?

기가 막혀 말도 나오지 않았다.

"거기다가 안 차장만 볼 때……."

쫘악!

조미연이 갑자기 가랑이를 벌렸다가 다시 오므린다.

메리 앤은 화들짝 놀랐다.

"그건?"

"이건 좀 과했다. 그냥 살짝 아슬아슬하게 보여 주는 거지. 호호호!"

"정말 그게 통해요?"

"그렇다니까? 그렇게 붙은 애도 봤어요. 나중에 안 차장이 달라는데 안 줘서 잘리긴 했지만……."

이걸 정보라고 믿어야 하는 걸까?

메리 앤은 심한 회의감마저 들 정도였다.

"아무튼 나나 자기는 붙은 거나 다름없어요. 저 아줌씨들하고 온 것 좀 봐."

조미연이 흉을 보는 찰나, 면접장 문이 열리며 직원 셋이 나왔다.

"호명하시는 분은 다섯 분씩 면접장으로 들어가시면 돼요. 순서가 되었는데 자리를 비우실 경우 자동 탈락이 됩니다. 자, 그럼 호명하겠습니다."

면접이 시작되었다.

조미연이 먼저 면접을 본 후 나왔다.

"잘하셨어요?"

"내가 아까 한 말 기억나죠? 안정필 차장이 빽 가더라고요."

"예?"

"아무튼 잘해 봐요. 어차피 붙을 거지만요."

조미연이 먼저 인사를 하고 나갔다.

다시 기다리던 메리 앤은 한 시간 후에야 면접 순서를 받았다.

넓은 교실 같은 실내에 긴 탁자.

그리고 그 뒤로 5명이 보인다.

남자 넷에 여자 하나였다.

메리 앤은 순서에 따라 가장 왼쪽에 앉았다.

"채미리 씨?"

"예, 전데요."

메리 앤은 혹시 알아보는 사람이 있을까 싶어 목소리가 저절로 기어들어갔다.

그러나 아니었다.

"키가 크시네. 모델 하셔도 되겠어요."

"감사합니다."

"뭐, 감사할 것까지는 없고. 합격하면 상황에 따라 지방 마트로 갈 수도 있는데, 괜찮겠어요?"

"예? 아, 예."

안 괜찮다.

서울에서 지원했는데 지방이라니?

그리고 면접 지원서에는 그런 이야기는 전혀 없었다.

무슨 놈의 입사 시험이 이렇게 주먹구구식인지 알 수 없었다.

화가 치밀 정도였다.

"괜찮다는 거예요, 아니면 안 괜찮다는 거예요?"

여자 면접관이 뾰족한 목소리로 다시 물었다.

마치 메리 앤에게 적개심이라도 가지고 있는 사람 같았다.

"괘, 괜찮습니다."

"우리 회사가 업무에 따라 출장도 잦은데… 남편이 허락할까요?"

이어 질문을 한 사람은 조미연이 말한 안정필 차장이었다.

이름은 안정이 필히 될 것 같은데 전혀 아니었다.

질문 자체가 웃긴다.

남편이 허락하면?

메리 앤의 머릿속으로 이진이 스쳐 지나간다.

'우리가 직접 제대로 한번 알아본 후 해결책을 찾자.'

에라, 모르겠다.

메리 앤은 조미연의 말처럼 다리를 슬그머니 벌렸다.

그러자 안정필 차장의 시선이 허벅지로 향했다.

다시 조신한 척 다리를 모은 메리 앤이 말했다.

"무엇이든 시켜 주시면 열심히 하겠습니다."

"열심히는 누구나 다 해요. 잘해야죠."

어디서 많이 들어 본 소리.

옆 지원자에게 질문이 넘어갔다.

그러는 동안 메리 앤은 부지런히 다리를 움직여 안정필 차장의 시선을 끌었다.

남자 면접관들의 시선은 거의 메리 앤에게 고정되었다.

마치 온몸을 살살이 훑고 지나가는 것 같은 느낌이 든다.
그러나 여자 면접관만은 불쾌하다는 표정으로 그런 남자 면접관들을 힐끗거렸다.
대부분의 질문들은 업무와는 상관없었다.
소요 시간은 대략 10분 정도.
그리고 합격자 선발에 대한 기준을 알려 준다.
면접관 한 명이 각각 20점 만점으로 점수를 매긴다.
그리고 그 합산 점수를 기준으로 탈락자를 선별한다는 이야기였다.
심지어 질문을 할 수도 없었다.
대답조차도 길면 곧바로 끊기 다반사였다.
메리 앤은 그렇게 면접을 마치고 나왔다.
그리고 연수원 건물을 벗어날 때, 누군가 뒤에서 부르는 소리가 들렸다.
"잠깐만요."
돌아보니 여자 면접관이었다.
왜 따라왔을까?
메리 앤은 뒤돌아서서 인사를 했다.
"예, 면접관님!"
"잠시 따로 할 이야기가 있습니다."
뭐지?
메리 앤은 당황했지만 면접관이니 따라가지 않을 수 없

었다.

연수원 좌측 담벼락 쪽으로 따라가는 메리 앤.

면접관이 돌아서더니 말했다.

"저는 0점을 드렸어요. 그러니 합격은 기대하지 마세요."

"예. 예? 왜요?"

메리 앤은 하도 황당해 그렇게 묻고 말았다.

"소영이가 아무리 나이가 어리다고 해도 그렇지… 마마! 이러시면 아니 되십니다."

"콜록! 누, 누구세요?"

문소영을 아는 여자.

게다가 마마라는 말에 메리 앤은 당황했다.

"저기……."

"예. 전씨 가문의 전미경이라고 합니다."

"아… 예. 한데 여기서 일하세요?"

"예. 지난해 이곳으로 와 이미 많은 것을 파악하고 있습니다. 하오니……."

메리 앤도 전 노인에 대해 안다.

테라의 가장 든든한 우군이 바로 전씨 가문과 오씨 가문이니 말이다.

남편에게서도 말은 들었다.

작년에 조사를 맡겼다고 말이다.

그게 이런 식으로 진행되고 있는 모양이었다.

한편으로는 기꺼우면서도 한편으로는 서운했다.

"저기, 직함이……."

"유통 본사 과장으로 와 있습니다. 안 차장이란 놈이 얼마나 불손한 눈빛으로 마마를 힐끔거리는지, 눈깔을 확 파버리고 싶었습니다. 허험!"

전미경 과장이 할 말을 하고는 헛기침을 했다.

"…그러셨구나."

"어쨌거나 면접에서 전 마마께 0점을 드릴 겁니다. 그러하니 괜한 수고하지 마시고 그만 돌아가시지요."

"제가 왜 빵점인데요?"

메리 앤은 화들짝 놀랐다.

빵점이라니?

"여기서 면접을 보고 나면 대부분이 테라 마트 지점으로 발령을 받습니다. 어찌 그런 일을 손수……?"

"직업에 귀천이 어디 있어요."

"하오나 굳이……."

메리 앤은 작정하고 말리는 전미경에게 강한 어조로 말했다.

"너무 멀리 있어요. 나도, 회장님도……. 그렇게 생각해서 나선 일이에요. 그러니 100점 주세요."

"20점 만점인데……."

"그럼 20점이요. 그럼 합격할까요?"

"몸으로 직접 부딪치시면서 잘못된 것을 바로잡으시려 하신다는 것은 압니다. 하나, 이건 좀……."

"나 말고 회장님도 하실 거예요."

"예. 예?"

전미경이 화들짝 놀란다.

메리 앤이 마침표를 찍었다.

"그렇게 아시고 그냥 20점 주세요. 대체 회사 꼴이 어찌 돌아가는지 어이가 없을 정도더라고요. 직접 알아보고 느껴 봐야겠어요."

"……."

"20점."

"하나, 이건……."

"20점! 그럼 그리하시는 걸로 알게요. 저기 들어가네요."

메리 앤이 동관 쪽을 바라본다.

이진이 면접을 보기 위해 들어가는 것이 보였다.

"어, 어찌 저런……."

"몰라보겠죠?"

"자세히 보지 않으면 그렇긴 합니다만……."

"딱 봐도 면접 날 긴장한 취업 준비생이네. 호호호!"

메리 앤의 넉살에 전미경은 혀를 내둘렀다.

이진은 정말 취업 준비생 같았다.

두꺼운 뿔테 안경 때문에 스마트한 인상은 우둔해 보일 정도로 변했다.

게다가 며칠간 일부러 기른 턱수염이 자라 웬만해서는 알아볼 수 없었다.

메리 앤은 그 턱수염에 가려운 곳을 긁었었다.

너저분해 보이지 않게 잘 다듬었다.

이진은 그 생각을 하자 웃음이 나왔다.

동관에서는 마트의 물류, 창고 관리 직종에 대한 면접이 있었다.

그래서인지 성비는 남성이 월등했다.

대략 8 대 2 정도로 남자가 많았다.

육체노동이라고 봐야 하는데, 여자 지원자가 있는 걸로 볼 때 이곳 경쟁률도 장난은 아니었다.

심지어 연봉을 너무 많이 줘서 이런 불상사(?)가 생기는 것이 아닌가, 단순한 생각이 들 정도.

"2,300 대 1이랍니다."

이진이 대기실 소파에 간신히 엉덩이를 비비며 앉자, 슬쩍 자리를 비켜 주던 덩치 큰 남자가 넌지시 경쟁률을 말했다.

그리고 그 옆으로 힘깨나 쓰게 생긴 여자가 이진을 쳐다본다.

"그렇게 높나요?"

"180명 뽑는 데 전자 원서 지원자가 40만 명이었대요. 그중에는 다른 회사 과장이나 대리급도 많았대요."

"정말요?"

"예. 심지어는 공무원들도 지원서 냈다는데요? 특히 환경미화원 출신들도 많대요."

"허!"

"지자체에서 난리예요. 테라가 우수 인력을 빼앗아 간다고……."

환경미화원이 칭찬받아 마땅한 직종이긴 하지만 우수 인력이라고까지 하는 건 좀…….

어쨌든 테라가 여러모로 폐를 끼치는 것만은 분명했다.

대체 이런 문제들을 어째서 몰랐던 것일까?

메리 앤 말대로 너무 높은 곳에서 내려다보기만 한 것은 아닌지…….

"하지만 꼭 전에 다니는 회사를 그만둬야 지원을 할 수 있는 건 아니잖아요."

"서류 심사는 그렇죠. 한데 면접 보려면 그만둬야 해요. 감점 요인이거든요."

"그럼 오늘 면접 보러 온 분들은 모두 다니던 곳을 그만두셨단 말이에요?"

"예. 면접 경쟁률은 250 대 1이요. 4만 명 넘게 다니던 직장을 던지고 테라에 올인한 거죠."

"세상에… 누가 그런……."

개 같은 조건을 만들었냐고 묻고 싶었다.

4만 명이 다니던 직장을 그만두고 지원했다면 그 사람들의 빈자리는 누가 채운단 말인가?

게다가 떨어지고 나면?

이진은 당장 테라 유통 회장과 이사들을 불러다 놓고 삿대질을 하며 소리를 지르고 싶을 정도였다.

무슨 이런 무책임한 경우가?

"그래도 인생 한 번 걸 만하죠. 평생직장 없어졌다는 말, 테라 때문에 다시 거짓말이 됐어요. 일단 들어가기만 하면 앞날이 보장되잖아요."

"그렇죠. 나라는 망해도 테라는 안 망할걸요? 6G 이후 모든 기술력은 테라가 선도하잖아요."

"그래요. 에티오피아 봐요. 세상에 국민 소득이 2만 달러예요. 그렇게 못살던 나라가 테라 한 방으로 말이에요."

칭찬인데 왜 이렇게 불편할까?

분명한 것은 이진이 가이드라인을 제시한 자본 분산 정책이 예상치 못한 상황을 만들고 있다는 거였다.

"오죽하면 테라에서 짐 나르는 게 고시 합격하는 것보다 낫다는 말이 있겠어요. 하하하! 이번에 되기만 하면 애들 학원도 마음대로 보낼 수 있어요. 돼야 할 텐데······."

꿈을 빼앗고 있었다.

자신이 말이다.

이진은 그 생각밖에 들지 않았다.

그리고 너무 오래 손 놓고 있어서도 안 될 일이었다.

이 무책임한 채용 정책에 제동을 걸어야 했다.

그러나 당장 급한 것도 있었다.

내부로 들어가 무슨 일이 벌어지는지를 제대로 파악하지 못한다면?

대체 왜 보고가 제대로 이루어지지 않는 걸까?

다시 이진은 같은 생각을 해야 했다.

물론 과거 조선조의 왕들조차 절대 권력을 가지고도 민심을 제대로 파악하지 못한 경우가 많았다.

하지만 지금은 사실상 모든 통로가 열려 있는데도 불구하고, 이런 일들이 벌어지는 줄도 몰랐다니?

이진은 마음이 초조해질 정도였다.

그러는 사이 면접이 진행되었다.

방식은 메리 앤이 본 것처럼 5명씩 이루어지는 집단 면접.

5천만 원이란 돈을 서류 전형 합격을 위해 썼다고 해서 합격을 한다는 보장은 없어 보였다.

이진은 합격하기 위해 비장의 카드를 꺼내야 했다.

바로 지난해 말, 연구소 쪽에서 나온 유통 체계 개선에 대한 용역 보고서를 활용하기로 했다.

이 부분은 해당 그룹 회장단에게만 배포된 것이다.

그러니 특별하면서도 확실한 면접 점수를 딸 수 있을 것 같았다.

면접관 중 한 명이 이진을 불렀다.

"이우빈 씨?"

"예."

"이름 참 좋네요. 성만 바꾸면 김우빈인데……."

"아… 예."

메리 앤이 지어 준 이름.

가만히 생각해 보니 배우 이름이었다.

'크윽! 김우빈이 그렇게도 좋았나?'

이진은 그 와중에도 살짝 질투가 났다.

"그래요. 각오나 한번 들어 봅시다."

면접관의 말에 이진은 준비한 내용을 설명하기 위해 입을 열었다.

"오늘날의 물류는 경제의 핵심 동력이라고 할 수 있습니다. 그래서……."

"그걸 누가 모르나? 그런 거 말고 개인적인 각오요."

한마디 만에 태클을 거는 면접관.

어쩔 수 없이 방향을 틀어야 했다.

"제가 테라에 입사하게 된다면 주어진 업무를 성실하게 수행해 테라 유통의 발전에……."

"다들 성실하게는 하죠. 잘해야지. 됐고, 다음 분으로 넘어갑시다."

'오 마이 갓! 염병!'

다시 들어온 태클.

결국 이진은 서두만 꺼낸 채 발언을 마무리해야 했다.

다른 사람들도 다 마찬가지였다.

형식적인 면접이란 것이 눈에 보일 정도였다.

면접은 곧바로 마무리되었다.

이진은 눈물(?)을 머금고 면접장을 나와야 했다.

"어떻게 됐어요?"

"나 떨어졌어."

"걱정 말아요. 내가 먹여 살릴 테니까."

"당신은 붙었어?"

"아마 그럴걸요."

"어떻게?"

성북동으로 돌아오는 차 안에서 나누는 대화는 거의 엽

기적이었다.

문소영은 조수석에 앉아 아예 고개도 들지 못한 채 입을 막고 웃었다.

"내가 좀 예뻐야지?"

"헉!"

"왜요?"

"아니야. 그 말은 맞는 말인데, 난 이름 때문에 떨어진 것 같아."

"김우빈, 아니 이우빈이 어때서요?"

"이봐봐봐! 평소에 김우빈을 얼마나 흠모했으면……. 아예 집으로 한번 초대를 하지 그래?"

"왜 성질이에요. 떨어져서 화났구나?"

"아직 발표 안 났거든?"

"어쨌든."

둘이 아웅다웅거릴 때, 문소영이 나섰다.

"두 분 모두 될 필요는 없습니다. 한 분은 배우자로 구원 투수가 될 수 있으니까요."

"어머! 그것도 괜찮겠다. 어차피 난 붙었으니 당신이 구원투수 되겠네?"

"……."

이진은 고개를 절레절레 흔들었다.

잠깐 웃고 나자 침묵이 흘렀다.

"문제가 심각하죠?"

"응. 보통 문제가 아니더라고."

"그런 걸 경영진들은 모를 리 없을 텐데, 왜 가만히 둘까요?"

"글쎄 말이야. 더구나 채용 과정이 지자체나 정부에 부담을 주는데 어째서 항의조차 없는 거지?"

"……."

메리 앤도 이해가 가질 않는다는 표정이었다.

그때 문소영이 입을 열었다.

"그건 아마 테라를 건드리는 것이 부담스럽기 때문일 겁니다."

"왜요?"

"사실 우리 테라가 마음만 먹으면 언제든 나라를……."

"거기까지만요."

이진은 평소와 다르게 문소영의 발언을 제지했다.

"죄송합니다, 회장님!"

"아니에요. 내가 너무 높은 데서 아래만 내려다보고 있었던 거예요. 부끄럽네요."

이진은 부끄러웠다.

메리 앤이 그런 이진의 손을 가만히 잡았다.

메시아가 되려 하지 말라던 메시지가 떠오른다.

정말 너무 높은 곳에서 전체 구도를 그리는 데만 집중했던 것은 아닐까?

"그나저나 만약 이이가 떨어지면 그 피 같은 5천만 원은 어찌 되는 거예요?"

"저도 그건 잘……."

"반환되겠죠?"

"쉽지 않을 것 같습니다."

"어머머! 그럼 떨어진 사람들이 낸 돈을 누군가가 다 먹는다는 소리잖아요."

이진이 메시아에 대해 생각할 때, 메리 앤은 5천만 원을 걸고넘어졌다.

남자는 승패에 집착하고 여자는 돈에 집착한다던 알렉산더 엘더의 말은 틀리지 않았다.

그래서 금융 트레이딩에서 여자가 성공할 가능성이 더 높다고 했다.

"한두 명이면 모르겠는데, 떨어지는 사람만 몇만 명이에요. 그 사람들이 다는 아니겠지만, 5천만 원씩 바쳤다면 그게 얼마예요?"

"…다는 아닐 겁니다."

"어쨌든요. 내가 그 돈을 어느 놈이 처먹었는지 꼭 밝힐 거예요."

메리 앤은 분개하고 있었다.

이진도 가만히 생각해 보니 그랬다.

전부 5천만 원을 내진 않았을 것이다.

그러나 오늘 면접 본 사람들만 해도 엄청나다.

내일도 면접이 있다.

그중 천 명만 5천만 원씩 바쳤다고 해도 그 돈은 500억이 된다.

절대 그냥 둘 수 없는 일이었다.

"맞아. 어떤 놈이 누구에게 얼마나 받아 처먹었는지 밝혀야겠어."

이진도 메리 앤의 말에 동의했다.

"당신은 떨어졌다며?"

큼, 말을 말자.

이진이 말이 없자 메리 앤이 전미경 과장 이야기를 꺼냈다.

"문 실장님은 알아요?"

"예. 전에 미국에서 뵌 적이 있습니다. 제가 알기로는 전씨 가문 어르신의 막내딸로 알고 있습니다."

"그럼 전 과장 여동생이란 말이에요?"

이진이 물었다.

"그건 잘……. 전 과장님에 대해선 저도 잘 모릅니다. 아마 아닐 겁니다."

문소영은 아닐 것이라고 단언했다.

어쨌든 양대 가문에서 이진의 지시에 따라 깊게 파고들기 시작한 것만은 분명했다.

조용히 있기에 테라 지주 검찰 수사 건으로 끝나는가 했더니 그건 아닌 모양이었다.

"메리?"

"왜요?"

"왜 대답이 까칠해?"

"나한테 들러붙으려고 그러잖아요."

"이참에 팀워크 좀 발휘하자. 한 사람이 떨어지면 그 사람 배우자로 위장해서 함께 도모하면 되잖아."

"아잉! 무슨 도모까지……."

이건 뭔 소리?

대체 뭘 상상하는 것일까?

메리 앤이 코맹맹이 소리를 내자 이진은 기가 막혔다.

재벌집 망나니
7대독자

합격자 발표까지는 한 달이 남아 있었다.

억지로라도 합격을 시킬 수 있었지만, 그러려면 노출의 위험을 감수해야 했다.

이진과 메리 앤은 일단 결과를 보고 행동을 하기로 했다.

그러는 사이 송영중 팀장이 이재희에 대한 보고서를 들고 왔다.

"이미 공소시효가 지난 사건이 모두 8건입니다. 공소시효가 지나지 않은 사건은 11건이나 됩니다."

"그걸 이재희가 다 저질렀다고요?"

"그건 확증할 수 없습니다. 하지만 관련이 있는 것만은 분명합니다."

"아예 확인된 것이 없어요?"

"두 건은 증거가 있습니다. 그중 하나는 공소시효가 지났습니다."

"뭔데요?"

송영중 팀장이 따로 서류 파일 하나를 골라냈다.

표지의 '박주운 사건'이란 글자가 눈에 보였다.

이진은 내심 뜨끔했다.

"보시면 아시겠지만 공소시효는 지났습니다. 하지만 이 교통사고를 조사한 경찰관의 특이한 증언이 있습니다."

"특이한 증언이요?"

"예. 3페이지를 보시죠."

이진은 3페이지를 넘겼다.

그사이 박주운에 대한 신상 내역이 고스란히 눈에 들어온다.

"이 사건을 초기에 조사한 경찰관이 일부러 죽이지 않았다면 발생할 수 없는 사건이라고 증언을 했습니다."

이진은 대답하지 않고 듣기만 했다.

50살이 넘은 박주운도 교통사고로 위장한 살인에 의해 죽었다.

그런데 어린 박주운 역시 그렇게 죽은 것이다.

"이 박주운이란 사람은 특별할 것이 없는 사람이었습니다."

특별할 것이 없는 사람.

"대학을 졸업하고 작은 전자 회사에 근무했습니다."

"그랬네요."

근무한 시간은 얼마 되지 않았다. 어느 나이의 박주운도 그랬다.

대략 6개월 정도.

특별한 것은 전혀 없었다.

송영중 팀장으로부터 보고를 들으며 페이지를 넘기던 이진.

그런데 특별한 것이 눈에 들어왔다.

〈성산 전자 하도급 실험 업체 리스트〉

이름은 그랬다.

그러나 박주운은, 아니 이진은 처음 들어 본다.

회사에 다니면서도 본 적이 없는 내용이었다.

"성산 SD에서 몇 개의 작은 회사들에 각종 실험을 의뢰한 적이 있습니다."

"그래요?"

"박주운이 다니던 회사도 마찬가지였습니다. 다음 페이지를 보시죠."

다음 페이지를 넘기자 익숙한 서명이 눈에 들어온다.

박주운이었을 때 썼던 서명이었다.

서류는 '백혈병 발병 보고서'였다.

그런데 정작 그런 서류는 본 적이 없었다.

"제 생각에는 임의로 직원 중 하나를 골라 서류에 서명을 한 것으로 위장한 것 같습니다. 밑에 결제 라인을 보면 생산부 담당자, 그리고 그 위가 바로 박주운 대리입니다."

박 대리.

맞다.

그래도 대졸이라서 대리를 달았었다.

"한데 그 이후가 좀 이상합니다. 여러 정황으로 볼 때 박주운은 이 서류에 관여한 적이 없어 보이거든요. 부서도 전혀 상관이 없을뿐더러 심지어 생산 라인에는 한 번도 들어가 본 적이 없는 직원이었습니다."

"그래요?"

자신의 이야기인데도 아닌 것처럼 대답하는 이진.

"이 백혈병 발생 보고서는 유야무야되었습니다. 성산 전자에서 실험을 위탁한 업체들에서 공히 산업 재해로 보이는 발병이 있었습니다."

"그럼 박주운이 이 보고서에 백혈병 발병 원인이 실험 때문이 아니라고 서명한 것이겠네요?"

"맞습니다. 그다음이 정말 웃깁니다."

"뭐가요?"

송영중 팀장의 말에 이진이 고개를 들었다.

"여섯 달 후, 이 문서가 국회와 산업자원부에서 문제가 되었습니다."

"그래요?"

"그 이후 박주운이 이상하게도 이서경과 결혼을 합니다."

"……."

"참고로 말씀드리자면 이서경은 이만식 회장의 차녀입니다."

"아!"

이진은 모르는 척해야 했다.

"그리고 어떻게 되었는지 아십니까?"

알지.

박주운은 죽었다.

그건 그 문제를 덮기 위해 박주운을 자기들 편으로 만들려고 하다가 일이 이상하게 되니 묻어 버렸다는 뜻이었다.

"허!"

이진은 박주운이 한심했다.

이제 와서, 그것도 환생을 하고서야 정확한 일의 전말을 알게 된 것이다.

어느 삶이 정확한 박주운의 삶이었는지조차도 헷갈린다.

마치 신이 눈앞에서 'Yes or No'를 외치는 것 같았다.

"아무튼 당시 이만식 회장이 이서경을 전대 회장님께 보내려 로비를 했습니다."

"아버지에게요?"

"예. 후궁으로 들이려 했던 모양입니다."

처음 듣는 소리다.

이만식 회장이 테라에 대해 알고 있었고 이서경을 보내려 했다는 뜻이었다.

도무지 이런 시간의 배열이 믿기지가 않는다.

이진 스스로도 헛갈릴 정도였다.

하지만 궁금하긴 했다.

기록에도 없다. 어쩌면 아버지 이훈이 너무 하찮은 일이라 기록하지 않았을지도 모른다.

"당연히 거절당했습니다. 감히 어디다가⋯⋯. 참고로 어머니 회장님은 모르시는 일입니다."

"흠, 그래서요?"

"그 소식이 전해진 다음 날, 이서경이 곧바로 박주운이 간 나이트클럽에 가서 부킹을⋯⋯. 송구합니다."

"그래서 만났다?"

"아마 박주운에 대해서 이미 알고 있었던 것 같습니다. 그러니 콕 집었겠지요."

"그러니까 그 말은 테라에 못 들어갈 것 같으니까 열 받아서 일부러 제 아버지 보라고 박주운에게 들이댔다?"

"예. 잘 보셨습니다. 아마 자존심도 상했고, 첩으로 보내려던 아버지인 이만식 회장에 대한 반항이었을 수도 있습니다."

그때 상황은 잘 모른다.

하지만 분명한 것은 이서경이 거절을 당하면 꼭지가 돌아 버릴 년이란 점이었다.

"그리고 갑작스러운 결혼이 있었습니다. 다음에 박주운이 스카니아 트럭에 치여 죽었지요. 한마디로 가짜 보고서를 작성한 책임자가 죽은 겁니다."

"처음에는 붙잡아 놓으려 하다가 이서경이 더 안 살겠다고 하니까 그걸 덮으려 죽였다?"

"예. 당시 조사를 맡은 경찰관 한 명이 분명히 고의성이 있다는 보고를 했습니다만……."

"윗선에서 무시했겠군요."

"예. 그렇습니다. 그렇게 묻힌 겁니다. 그 경찰관을 인터뷰했습니다. 엄청난 압박이 있었다고 했습니다."

"증언할 수 있대요?"

"이미 공소시효도 지났고, 그 경찰관은 죽었습니다."

이진은 날뛰는 마음을 가라앉혀야 했다.

박주운은 역시 이재희가 살해한 것이 분명했다.

그리고 이진의 뉴욕 교통사고.

그것 역시 이재희가 꾸민 일이 분명하다.

스카니아는 그걸 가리키는 징조 같은 것이었다.

어쩌면 신이 눈을 가려 그걸 다 스카니아로 보이도록 암시를 주었던 것인지도 모른다.

이진은 가만히 생각하다가 다른 걸 물었다.

더 이상 박주운의 일을 캐고 싶지는 않았다.

그렇게 되면 지금의 가족을 잃을 수도 있다는 생각이 이진에게 잊을 것을 강요했다.

"공소시효가 남아 있는 사건이 11건이라고 했죠?"

"예. 그렇지만 증거는 없습니다. 그중 민예린 관련 사건이 성산 장 여사와 관련이 있어 보입니다."

"장 여사면… 장지민?"

"예. 한강그룹 장영길 회장 무남독녀입니다."

장지민을 모를 리가 없다.

박주운을 마치 하인 취급하던 여자다.

"민예린은 톱 여배우로 올라가다가 이재희와 염문설이 나돈 후 미국으로 건너갔습니다."

"라스베이거스에서 마약 중독으로 죽었죠?"

"예, 맞습니다. 꽤 관심이 많으십니다, 회장님!"

"험! 그냥 뉴스에서 봤어요. 근데 왜요?"

"민예린은 마약 중독으로 죽은 게 아닙니다. 살해당한 겁니다. 청부자는 장지민입니다."

정리가 필요했다.

지금 송영중 팀장은 장지민의 청부살인을 말하려는 것

이 아니다.

　이상하게도 이재희는 장지민과 결혼한 이후로 몇 번의 위기를 거쳤지만 이혼하지는 않았다.

　처음에는 그게 성산의 뒷배 때문이라고 여겼지만, 이제 와서 생각해 보니 꼭 그런 것만은 아니다.

　한강그룹은 아직도 이재희를 지원하고 있다.

　성산그룹이 공중분해된 것이나 마찬가지인데도 말이다.

　그리고 그렇게 불화설이 나도는데도 이혼한다는 이야기도 없다.

　이재희 정도의 여성 편력이라면 지금까지 장지민이 그냥 참아 낸다는 것은 이해가 가질 않았다.

　"눈치채셨겠지만, 장지민은 이재희와 부부 이상의 관계로 보입니다."

　"더 은밀한 것도 공유한다?"

　"예. 어쩌면 패를 쥐고 있을 수도 있습니다."

　한강그룹이라······.

　그리고 장지민.

　"한강그룹은 주력 사업이 뭐예요?"

　"저희처럼 금융입니다. 2개 저축은행의 대주주입니다. 하나는 예스 저축은행이고, 다른 하나는 미더 저축은행입니다."

　"둘 다 일본계네요."

"예. 자본 규모도 크지 않은 데다가 딱히 드러나는 문제는 없습니다. 하지만 자본의 출처는 일본 내에서도 쉽게 파악할 수 없었습니다."

"……."

이진은 입을 다물었다.

한강그룹이라.

그 회사를 왜 이제야 주목하게 된 것일까?

"송구합니다, 회장님! 아무튼 민예린의 살인을 자살로 꾸며 준 것이 바로 안토니오 패밀리입니다."

"안토니오면 돈 파누치 패밀리 산하 조직이잖아요."

"예. 그렇습니다. 거기서부터 막혔습니다. 돈 파누치는 회장님 말씀이 아니면 절대 움직일 사람이 아니라……."

이진은 고개를 끄덕였다.

오히려 잘된 일이었다.

전화만 해도 민예린의 살해를 청부한 청부자를 곧바로 알아낼 수 있었다.

물론 돈 파누치에게 다시 빚을 지게 되는 것이긴 하지만 말이다.

"좋아요. 그건 내가 알아보죠."

돈 파누치는 계산이 분명한 사람이다.

어쨌든 재무부 조사에서 풀려나서인지 곧바로 답을 내놨다.

증거는 은밀하게 감추어져 있었다.

마피아의 전형적인 위험 대비 방식이다.

이진은 증거 파일이 담긴 메모리가 도착하자 서재로 가 문을 걸어 잠갔다.

아이들이 돌아와서 조심해야 했다.

똑똑.

그런데 문을 잠그자마자 누군가 문을 두드린다.

메리 앤이었다.

"왜?"

"왜라니?"

이진은 문을 열어야 했다.

"나 합격했어."

"콜록!"

"기침도 예쁘게 하네. 당신은 어떻게 됐을까요?"

"떨어졌구나."

"딩동댕! 정답입니다. 면접에서 부적격 판정 나왔대요. 내가 이런 부적격자를 남편으로 모시고 살아도 되나 몰라?"

메리 앤은 의기양양했다.

"축하해. 어디가 근무지인데?"

"수원 장안 테라 마트!"

"너무 멀지 않아?"

"그래서 문 실장님이 좋은 아이디어를 내놨어."

이진이 무슨 아이디어인가 궁금해할 때, 문소영이 들어온다.

그러고는 이진이 꽂아 놓은 메모리를 빼내려 했다.

"잠깐만요."

이진은 황급히 메모리를 직접 제거해 주머니에 넣었다.

"뭔데요?"

"아니야."

"혼자 재미있는 거 보려고 그랬구나? 같이 좀 보지. 애들도 자는데……."

"큼!"

메리 앤의 앙탈에 이진은 헛기침만 해야 했다.

문소영이 눈치를 보더니 곧바로 가지고 온 파일을 틀었다.

수원 장안 지구 항공 지도가 나온다.

지도는 곧 확대되었고, 두 곳에 빨간 깃발이 꽂혀 있었다.

"위쪽이 바로 테라 마트 수원 장안 지점입니다. 아래쪽은 마마께서 임시로 머무실 건물입니다."

"임시로 머물다니요?"

"매일 성북동에서 출퇴근을 하시는 것은 아무래도 어려우실 것 같아서요. 그래서 근처 투룸 건물을 일단 매수했습니다."

"투룸 건물을 통째로요?"

"예. 4층 건물로 마마께서는 3층에 거주하시게 됩니다. 나머지 층은 모두 저희 팀에서 경호상 사용할 예정입니다."

"배보다 배꼽이 더 크네요. 돈을 벌려고 가는 건지 아니면 쓰려고 가는 건지……."

이진의 반 농담에 메리 앤이 눈을 흘겼다.

"안전을 위해서입니다. 작전이 끝이 나면 다시 팔면 될 것으로……."

"알겠으니까 계속해요."

이진이 재촉했다.

마음속엔 어서 빨리 민예린 비디오를 보고 싶다는 생각밖에 없었다.

"출근 시간은 짧습니다. 도보로 10분 소요됩니다. 마트의 보안요원들 중 몇을 바꿔 넣으면 경호에 문제는 없을 것 같습니다."

"그러네요. 그럼 됐죠?"

"어머! 그게 다야?"

이진의 성의 없는 말에 메리 앤이 나섰다.

이진은 짐짓 물러나야 했다.

"아니지. 그럼 뭐가 더 있을까? 살기는 적당한지……."

"방 2개에 거실과 화장실 하나. 분위기 죽이죠?"

이진이 묻자 메리 앤이 기다렸다는 듯 대답했다.

갑자기 분위기 이야기는 왜 하는 것일까?

"그렇겠네. 하지만 자기 혼자 있을 거 아니야?"

휘익.

이진의 말에 메리 앤이 머릿결을 넘기며 고개를 돌려 버렸다.

이진은 어쩌라고 하는 마음으로 문소영을 바라봤다.

"아무리 경호가 안전하다고 하지만 처음에는 마마 혼자 머무시기는 무서우실 겁니다."

무섭지는 않을 것 같은데…….

이진과 메리 앤은 어렸을 때부터 검도와 주짓수, 그리고 칼리라 불리는 나이프 다루는 법을 배웠다.

웬만해서는 위험할 것은 없다.

그런데도 문소영의 눈초리는 계속 이진에게 위험할 거라고 말하라고 재촉한다.

"맞다. 위험하겠네. 내가 얼마라도 가서 있을까?"

"그럼 좋지."

메리 앤이 활짝 웃으며 이진을 바라봤다.

그러자 문소영이 슬그머니 나갔다.

"애들은?"

"자, 오늘 뭐 볼 건데?"

❖ ❖ ❖

메리 앤의 기대에 못 미쳐 어떻게 하나 싶었다.

그러나 비디오를 보지 않을 수는 없었다.

그만큼 궁금했고, 급하다면 급한 일이었다.

이진이 다시 메모리를 끼우는 순간, 문소영이 찻잔을 들고 들어왔다.

"편안하고 오붓한 시간 보내시라고 라벤더 차를 준비했습니다."

"고마워요."

메리 앤이 인사를 한다.

이진은 문소영이 나가는 것을 보고 나서야 메모리를 넣었다.

그러고는 메리 앤 옆으로 가 앉았다.

소파에 몸을 묻은 메리 앤이 묻는다.

"무슨 영화야?"

"영화 아니야."

"그럼?"

치지지직.

"자기, 어둠의 경로로 다운받았구나?"

"그게 아니라……."

이진이 말문을 열려는 찰나, 동영상이 나온다.

"어? 나, 아는 사람인데?"

화면에 가장 먼저 등장한 사람은 장지민이었다.

메리 앤이 경제인 모임이나 자선 단체에서 얼굴을 마주친 적이 있는 모양이었다.

"장지민이야. 한강그룹 무남독녀이고 이재희 부인."

"아! 그럼 영화 아니네?"

메리 앤의 눈에 실망감이 스쳐 지나갔다.

"이거 빨리 보고 심야 영화 보러 갈까?"

"됐어. 아무렴 현실이 영화보다야 실감 나겠지."

메리 앤이 다시 얼굴을 이진의 가슴에 묻었다.

미안하긴 하다.

그다지 좋지도 않은 영상을 보여 주게 되었으니 말이다.

화면은 처음에는 철저히 장지민을 클로즈업하고 있었다.

화면의 각도로 볼 때 작정하고 몰래 촬영한 것이 분명했다.

2명의 남자가 등장했지만 얼굴은 제대로 나오지 않는다.

『Where is she?』

장지민이 묻자 한 남자가 문을 열었다.

그리고 방 안 침대에는 한 여자가 슬립만을 걸친 채 비스듬히 반쯤 누워 있었다.

정신을 놓은 것 같지는 않았다.

침대 헤드에 몸을 기댄 채 허우적거린다.

그러나 한쪽 손목이 묶여 움직임은 자유롭지 못했다.

다리를 버둥거릴 때마다 허벅지 사이가 그대로 노출된다.
속옷조차 입지 않았다.

『꼴좋네. 그러게 서방질 할 때는 각오를 했어야지.』

장지민의 입에서 한국말이 흘러나오자 여자가 반응했다.
감고 있던 눈이 슬그머니 떠진다.

『자, 장 여사님……?』

『그래. 나 장지민이야. 기억은 나니?』

『…그, 그이는…….』

여자는 말도 제대로 못했다.

"저 여자, 누구야?"

"민예린이라고… 실종되었던 배우야."

"그럼 지금 나오는 게 민예린을 죽이는…….."

메리 앤이 한 손으로 입을 막았다.

『How long does it take to die(죽는 데 얼마나 걸려요)?』

『30minute, ma'am(30분 정도 걸립니다)!』

『It's so easy to die. I'll watch her(너무 편하게 죽네. 내가 지켜볼게요).』

이진은 얼른 일어나 영상을 끄고 메모리를 회수했다.

더 볼 것도 없었다.

이미 증거도 나왔고, 누가 죽였고 누가 죽었는지도 확인이 되었다.

그러나 이미 메리 앤은 충격을 받은 상태였다.

"자선 행사에 나와서 그렇게 고상한 척하더니 어쩜 저렇게……."
메리 앤의 목소리는 거의 울먹이는 것 같았다.
이진은 미안하기만 했다.
하필 이런 걸 보여 주게 되다니.
"괜찮아?"
"괜찮아요. 한데 애들 볼까 무섭다. 이런 거, 집에 가져오지 마요."
"그럴게. 미안! 근데 애들이 이런 것도 봐?"
"당신, 아빠 아닌 것 같아. 령이가 6G 개발자인 거 잊었어요? 요즘은 수학에 빠져서 하루 종일 계산만 해요."
"아!"
"뭐가 '아!'야? 미국에 있는 동안 어머니께서 그거 알았나 봐. 걱정이 이만저만이 아니세요."
"그랬어?"
이진은 얼른 메리 앤의 볼을 양손으로 잡았다.
그러고는 입맞춤을 했다.
그러자 메리 앤이 황급히 얼굴을 뺀다.
"왜?"
"저런 거 보고 그럴 기분이 나요? 짐승!"
메리 앤이 벌떡 일어나 나가 버렸다.
이진은 그런 메리 앤을 막지 않았다.
그리고 곧바로 다시 메모리 영상을 확인했다.

죽는 데까지 30분.

정확히 32분 24초에 영상은 끝이 났다.

의사로 보이는 남자가 기다렸다는 듯 사망을 확인했다.

약속대로 처리해 달라고 말한 후 나가는 장지민.

'한강그룹이라고 했지?'

전혀 이진의 관심사에 들어 있지 않던 회사다.

규모도 그랬지만 장지민 개인에게도 그랬다.

이진이 박주운이었을 당시에도 장지민은 이재희의 처였다.

처음에는 작은 회사의 외동딸이 대어를 물었구나 싶었다.

그래서 일종의 동병상련 같은 기분을 느낀 적도 있었다.

그러나 막상 장지민을 마주하고 나서는 그런 생각은 곧바로 덜어 내야 했다.

장지민은 박주운을 다른 사람들처럼 대하지는 않았다.

오히려 철저히 무시했다.

박주운은 그게 더 잔혹한 일이란 걸 그때 알았다.

심지어 가족 행사 때 방문하면 인사조차 하지 않았다.

아니, 아예 어떤 말도 하지 않았다.

나중에야 그게 철저한 무시란 걸 깨달았었다.

겉으로 욕이라도 하고 험하게 대하면 그나마 애증이라도 있는 것.

'흠!'

이진은 스쳐 지나가는 생각을 정리한 후 메모리의 영상을 하나 복사해 두었다.

그러고는 자리에서 일어났다.

부부가 쓰는 침실로 가니 이진의 자리를 막내 선이 차지한 채 잠들어 있었다.

'이 녀석은 대체?'

이진은 꿀밤을 한 번 먹이려다가 애 엄마와 아들의 머리를 쓰다듬어 주고는 밖으로 나왔다.

며칠 후.

"얼마 동안 엄마가 일 때문에 집에 자주 못 올 거야."

"엄마, 에티오피아 가?"

딸 이령이 먼저 물었다.

대답은 둘째 이요가 했다.

"엄마는 유니버스 회장님이잖아. 사람들 도우러 다녀야지. 우린 편하게 잘 지내잖아."

"그럼 요는 엄마 안 보고 싶다는 거니?"

"엄마도 참! 그런 뜻이 아니라 타협을 해야 한다는 거지. 여기!"

이요가 무언가를 내민다.

그걸 받아 들어 읽는 메리 앤.

화들짝 놀란다.

이진이 얼른 다가섰다.

"뭔데?"

"요구 사항이래요. 요 저 녀석은 너무 정치적이야."

"하하하! 그래도 기회를 잘 포착하네. 선이는?"

"삐져서 안 나오네? 며칠 보채서 옆에서 재웠어도 소용이 없어요."

아이들은 각자 특성이 또렷했다.

딸은 한 곳에 몰입하면 빠져나오지 못할 정도의 집중력을 발휘하고, 둘째는 모든 일을 타협으로 마무리하려고 한다.

그리고 막내는 어떻게든 자기 뜻을 관철시키려 끝까지 물고 늘어진다.

이제 8살이 되어 가는 아이들은 그렇게 각각 품성이 달랐다.

그러나 안나가 엄격하게 아이들을 관리해 얼토당토않은 떼를 쓰지는 않는다.

이진은 그게 그다지 마음에 들지 않았다.

아이 같지 않다는 생각이 든다.

떼를 써도 한참 써야 할 나이임에도 아이들이 너무 조숙한 것 같았다.

"오늘 가?"

"예. 일단 적응하려고."

"꼭 그렇게 서두를 필요는 없잖아?"

"그래도……. 일단 거기 산다는 걸 알아야 사람들이 의심을 안 하지. 전체 직원이라고 해 봐야 장안점에 50명 내외예요."

"그래, 그럼. 이따가 내가 들를게."

이진은 아쉬운 척하면서 메리 앤을 놓아주었다.

메리 앤이 문소영을 달고 나가자 이진은 곧바로 여기저기 전화를 돌렸다.

그러고는 곧장 외출을 했다.

목적지는 옛 성산 갤러리.

바로 이재희의 와이프인 장지민이 관리를 하던 곳이다.

성산 갤러리는 테라에 넘어오지 않았다.

장지민이 직접 인수를 했고, 이제 한강 갤러리로 간판을 갈아 달았다고 들었다.

둘이 헤어지기 위한 수순인지 아니면 위장인지 알 수 없었다.

이진은 개장 시간이 약간 넘은 10시 40분에 한남동 한강 갤러리에 도착했다.

마침 중국의 유명 작가 자오우키의 작품전 및 경매가 열리고 있었다.

막내 이선이 영국에서 샀던 그림의 작가였다.

그리고 그 그림은 지금 거의 50퍼센트 이상의 수익률을 기록하고 있었다.

이번 경매의 주관사는 크리스티가 아닌 소더비였다.

주차장에 차를 세울 수 없을 정도로 차가 많았다.

이진은 방문자 명단에 없었기에 도로에 주차를 해야 했다.

"트렁크에서 그림 좀 꺼내 줘요."

이진의 말에 마이크가 가져온 그림을 꺼냈다.

바로 자오우키의 '14.12.59'였다.

"회장님! 그림을 파시게요?"

"왜요?"

"막내 도련님이 화내실 텐데요?"

"크흠! 그건 또 어떻게……. 비밀로 합시다. 그리고 그림 내가 가지고 들어갈게요."

"예?"

이진의 말에 마이크가 화들짝 놀랐다.

"어차피 초대자 명단에 없어요. 그러니 오늘은 여기서 좀 기다려요."

이진은 그림을 직접 들고 걸어서 갤러리 안으로 향했다.

안으로 들어가려 하자 보안요원이 먼저 막았다.

"어디서 오셨습니까?"

"아, 성북동에서요."

"그 말씀이 아니고요. 초대장 좀 보여 주시죠."

"초대장은 없어요."
"오늘 행사는 초대받으신 분만 들어가실 수 있는 행사입니다. 죄송합니다."
이진의 출입이 저지되는 순간, 뒤에서 누군가가 이진을 불렀다.
"혹시 이 회장님 아니십니까?"
"아! 안녕하세요. 오긴 왔는데 들어갈 수는 없네요."
돌아보니 아는 얼굴.
드미트리 이브라첸코였다.
영국에서 아들 선이 엿을 먹인 적이 있다.
러시아의 억만장자도 이 행사에 초대된 것이다.
"이분은 테라 회장님이신데 못 들어가나?"
드미트리 이브라첸코의 러시아 말을 보안요원이 알아들었다
후다닥 튀어 가더니 누군가를 데리고 나왔다.
바로 장지민이었다.
"어머나! 이 회장님이 오실 줄 알았으면 미리 얘기를 해 두는 건데요. 정말 죄송해요. 사과드려요."
"죄송합니다."
보안요원은 아무 잘못도 없이 사과를 했다.
"괜찮습니다. 예고도 없이 이렇게 찾아뵌 제가 잘못이죠. 그럼 악수나 한번 할까요?"

이진이 손을 내밀자 수줍은 듯 잡아 오는 장지민이다.

'개 같은 년!'

이진의 머릿속에 며칠 전 본 비디오 파일이 떠올랐다.

장지민은 드미트리 이브라첸코와도 인사를 한 후 이진을 안내했다.

걸으면서 이진이 들고 있는 것에 대해 묻는다.

"혹시 제 선물은 아니겠죠?"

"선물은 미리 준비를 못했네요."

"그럼 그건……."

"아, 이건 집에서 먼지만 쌓여 가고 있기에……. 자오우키 그림이에요."

"그럼 '14.12.59'인가요?"

뒤에서 따라오던 드미트리 이브라첸코가 반응했다.

"예. 잘 아시네요. 애가 사 왔는데 이제 싫증이 났나 봐요."

"호호호! 대단하시네요."

이진의 말은 거의 엽기적이었다.

현재 180억 원으로 평가받고 있는 그림을 그냥 싸서 들고 온 것이다.

"여기 소더비 이사가 왔다기에……."

"내놓으시려고요?"

"예. 일단 이야기는 해 보려고요."

이진은 넉살을 떨며 걸음을 옮겼다.

곧바로 장지민이 사람을 불러 그림을 받아 가게 했다.

그러고는 응접실로 안내했다.

"이렇게 누추한 곳에 찾아와 주셔서 정말 영광이에요. 사모님과는 몇 번 뵌 적이 있어요."

"제가 영광이죠. 지난번 장례식 때는 제대로 인사도 못 했습니다. 다시 한 번 삼가 고인의 명복을 빕니다."

이진이 이만식 회장의 죽음에 다시 한 번 애도를 표했다.

그런데 장지민의 반응이 엽기적이었다.

"가실 때가 되어 가시게 된 거죠. 근데 이렇게 가까이서 뵈니 정말 미남이시네요?"

"고맙습니다. 그런 말 자주 듣습니다."

"어머! 호호호! 생각했던 것보다 굉장히 재미있으세요. 세계 최대 기업 총수이시라 굉장히 조심스러웠거든요."

"조심스러우실 필요는 없습니다. 그냥 돈만 많은 건데요."

"호호호!"

장지민이 입을 가리고 웃는다.

사실 따지고 보면 이진은 성산을 망하게 한 것이나 마찬가지.

그래서 장례식장에서 이서경은 대놓고 욕을 했다.

그런데 그 집안 맏며느리인 장지민은 전혀 그러지 않았다.

"사실 우리 테라가 성산의 다수 회사를 매입해 좀 조심스럽긴 합니다."

"어머나! 그러실 필요는 없죠. 어차피 가질 수 있는 사람이 갖는 게 이쪽 룰이잖아요."

가질 수 있는 사람이 갖는 것이 룰이라?

"이재희 부회장님은 어떠세요?"

"아, 그 사람은 해외에 있어요."

"그러시군요."

이재희가 해외에 나갔다는 말은 들었다.

미국에 머물고 있다.

이진은 슬금슬금 시동을 걸어야 했다.

비디오 파일이면 장지민의 살인 교사가 증명된다.

살인죄와 형량이 같다.

아무리 최고 변호사를 붙여도 명확한 증거이니 최소 15년 이상은 받을 것이다.

그러나 장지민의 살인 교사를 밝히려 이곳에 온 것은 아니었다.

그걸로 이재희가 저지른 일에 대한 증거를 확보하기 위해서였다.

"오늘 경매 행사 때문에 바쁘시겠네요?"

"그렇기는 하지만, 회장님이라면 다 취소하고라도 시간을 내야죠."

"정말 그래 주실 수 있나요?"

"호호호! 생각보다 굉장히 적극적이시네요. 저야 오케이죠. 우리 나이에 회장님처럼 젊은 미남자를 만날 일이 흔치는 않거든요."

그럴 리가?

이진은 이서경을 떠올리며 콧방귀를 껴야 했다.

이서경은 틈만 나면 젊은 애들을 집으로 끌어들였었다.

툭하면 어울려 놀았다.

거기에 장지민이 끼었던 것도 한두 번이 아니다.

둘이 일본 여행도 자주 다녔던 것이 기억났다.

며칠 안 보여서 전화를 하면 도쿄라거나 아니면 일본 어디 온천이라고 했었다.

둘이 뭔 짓을 하고 다녔는지 안 봐도 다 알 것 같았다.

"한강그룹은 어떻습니까?"

"호호호! 역시 사업가이시네요. 저희야 제2금융권인걸요. 회장님 같으신 분이 관심 가질 만한 규모가 아니에요. 성산이야 잘 아실 테고……."

이진은 장지민의 대답에 완곡한 거절의 의미가 담겨 있음을 알 수 있었다.

대체 한강의 배후는 어디이기에 테라 회장이 관심을 보이는 것을 거절할까?

장지민의 아버지는 재일교포다.

그러니 일본 자본일 것.

일반 국민들의 상상 외로 일본 자본은 한국에 많이 들어와 있다.

눈에 들어오는 일반 상품은 아무것도 아니다.

금융, 부동산, 기술, 유통, 건설 전반에 걸쳐 있다.

아마 그걸 다 까발리면 일반 국민들은 놀라서 위기감을 느낄 것이다.

하지만 그런 것들은 그동안 철저히 감추어져 있었다.

대부분이 과거 친일파의 후손들을 위주로 들어온 탓도 있었고, 또 국민적 자괴감과 일본의 우월감을 알리기 싫은 정권의 정책이기도 했다.

그래서 고작해야 마일드 세븐 정도였다.

마일드 세븐을 피우면 친일파라고 말했다.

박주운도 그런 때를 거친 세대.

하지만 고작 저축은행에 사채업이나 하는 집안 여자를 이만식이 큰며느리로 받았을 리는 없었다.

또 그랬다 해도 지금까지 이재희가 그런 여자를 곁에 두고 살고 있지는 않을 것이 분명했다.

한강그룹의 백그라운드를 알아내는 것이 중요했다.

"그럼 언제 따로 뵙고 그림 이야기나 좀 나눌까요?"

"그것도 좋죠."

"그럼 따로 연락드리죠."

장지민은 이진에게 지나치게 해맑았다.

성산을 집어삼켰음에도 말이다.

이진은 한강그룹에 대한 정밀 조사가 끝난 후 장지민의 치부를 벗기기로 했다.

그때 한 여자가 문을 열고 들어왔다.

차분한 인상의 젊은 여자였다.

이진을 힐끗 본 여자는 낮은 어조로 장지민에게 속삭였다.

"혼모노데쓰(本物です:진품입니다)."

퍽!

그 순간, 장지민이 벌떡 일어서며 여자의 따귀를 냅다 갈겼다.

그냥 찰싹 때린 것이 아니었다.

작정하고 폭행한 것.

"어디서 감히 그따위 말을? 그럼 테라 회장님께서 내게 위조품이라도 가지고 오셨단 말이야?"

"쓰미마셍!"

"죄송해요, 회장님! 요즘 애들이 이래요. 뭐 해! 나가 봐."

이진은 자신이 예전 박주운일 때, 이만식 회장의 집에 와 있는 것 같은 착각을 느꼈다.

그때 분위기가 딱 그랬다.

"괜찮습니다. 일본 분이신 모양이네요."

"예. 우리가 일본에 투자를 좀 해서……. 이 회장님이 보시기에는 구멍가게나 다름없죠. 한데 그림은 정말 파실 생각이신가요?"

"아, 아닙니다. 가만 생각해 보니 막내가 그림이 없어진 걸 알면 화낼 것 같네요."

"호호호! 자상하기도 하셔라. 두 분이 금슬이 좋으신 모양이네요."

"다들 그렇게 생각하죠."

이진은 여운을 남겼다.

"그럼 오늘 경매는……."

"저도 보고 가죠. 드미트리 그 친구가 온 것을 보니 뭔가 굉장한 것이 있을 것 같아서요."

"그럼 가시죠."

이진은 자리에서 일어나 경매가 열리는 행사장으로 향했다.

수원시 장안동 투룸 건물에서 전세(?)를 살게 된 메리앤은 인테리어를 손수 지휘했다.

온통 어울리지 않는 핑크빛이었다.

하지만 이진은 만족스러운 척해야 했다.

메리 앤은 단 한 번도 이진과 둘만의 생활을 해 본 적이 없다.

그래서 아마 이번 기회를 통해 그걸 느껴 보고 싶은 것일지도 몰랐다.

마이크가 이진의 뒤를 따라 무언가를 가지고 들어왔다.

"그건 뭐예요?"

"회장님 선물입니다."

마이크가 선물이라고 넉살을 떨었다.

바로 얼마 전 장지민을 만나러 갔다가 소더비 경매에서 산 작품이었다.

마이크가 조심스럽게 상자를 풀어 물건을 꺼냈다.

"조각상이네. 어머나! 이거 걷는 남자 아니에요?"

"맞습니다. 회장님께서 거액을 쓰셨습니다."

"자기, 정말……. 미쳤어?"

"왜, 왜?"

이진은 메리 앤의 말에 급 실망했다.

무려 1억 1,000만 달러나 주고 산 조각상이었기 때문이다.

알베르토 자코메티의 '걷는 남자'는 2010년 뉴욕 크리스티 경매에 나온 후 자취를 감췄다가 다시 서울에 모습을 드러냈다.

그 때문에 드미트리 이브라첸코가 한국까지 온 것.

이번에도 이진에게 밀려 원하는 물건을 손에 넣지는 못

했다.

그렇게 애를 쓴 것인데?

"우리 형편에 자코메티가 말이 돼?"

"자기, 너무 감정 이입하는 거 아니야?"

이진은 메리 앤의 볼을 잡아 살짝 꼬집었다.

"그건……. 아무튼 누가 보면 어쩌려고?"

"누구 데려오려고?"

"그게 아니라……. 집들이도 하고 그래야 하잖아."

참 여러 가지를 많이 연구해 둔 것이 분명했다.

그러나 그런 준비는 이진이 보기에 이미 실패나 다름없었다.

주방에 늘어선 식기들만 봐도 알 수 있다.

세트 당 적어도 수천만 원을 호가하는 그릇들이다.

테라 마트 캐셔가 아무리 돈을 많이 받아도 무리로 보인다.

모두 문소영이 준비했을 것임이 분명했다.

나름 고민했을 것이다.

저가로 해야 하는데 그렇다고 아무것이나 가져다 놓을 수는 없고…….

그러나 이진은 다른 말을 꺼냈다.

"정리하려면 한참 걸리겠네."

"자기, 오늘 라면 먹고 갈래?"

으음.

이건 또 뭐지?

"그럴까?"
"같이 정리하고 라면도 먹고……."
"또?"
"알면서……."
"알긴 뭘 안다고……."
메리 앤이 앙탈을 부렸다.
분위기가 너무 닭살 돋았는지 마이크가 슬그머니 나갔다.
이진은 그때부터 메리 앤과 함께 짐 정리에 들어가야 했다.

저녁 무렵 정리가 끝났다.
오랜만에 하는 집안일이어서 그런지 꽤나 힘들었다.
바로 아래층에 메이드들이 있어서 부르면 끝날 일을 이진과 메리 앤은 손수 정리했다.
그리고 살며시 빠져나왔다.
그러나 엘리베이터에서 내리자 문소영이 기다리고 있었다.
"외출 준비할까요?"
"아니에요. 우리 요 앞 편의점에 가요."
"아, 예. 준비하겠습니다."
편의점에 간다는데?
일단 문소영이 들어가자 이진과 메리 앤은 곧바로 밖으로 나가 편의점으로 달려갔다.
그리고 캔 맥주와 새우깡을 하나 사서는 파라솔 의자에

앉았다.

4월 초라 약간 쌀쌀한 감이 없지는 않았지만 그래도 제법 운치가 났다.

문소영이 평상복을 입고 2명의 여직원을 데리고 역시 파라솔에 자리를 잡았다.

"뭐라도 먹어야 눈에 안 띌 텐데?"

이진이 일어나 음료수를 사서 가져다주었다.

문소영이 당황해 어쩔 줄을 모른다.

"정말 여기서 마트가 한눈에 들어오네?"

"응. 저기가 내 직장!"

이진의 말에 메리 앤이 웃음을 한껏 머금었다.

"괜찮겠어?"

"응. 내가 이번에 대체 어떤 식으로 단기간에 뇌물의 고리가 생겨났는지 확실히 알아봐야겠어요."

"……."

"심지어 유니버스 활동까지 승진이나 취업의 도구로 이용된다면 정말 심각한 거 아니에요?"

"그렇지. 다 내 부덕의 소치지."

"그렇긴 하지만……. 내 생각에는 이건 조직적인 거예요. 그게 아니라면 한국 사회가 완전히 썩은 거고."

메리 앤이 상당히 분개한 것만은 분명했다.

자기 이름과 테라 유니버스 이름을 팔고 다니는 사람이

너무 많은 것이다.

게다가 프린스턴 라인이라니?

"조금씩 통합을 염두에 둬야 할 것 같아."

"우리 유니버스를요?"

"아니. 한국 내 5대 그룹 말이야. 독립 경영 체제를 유지하니까 자꾸 이런 일이 생기잖아."

"하지만 통합한다고 하면 여기저기서 난리일 텐데?"

맞다.

사실 테라 5대 그룹은 독립 경영으로 한국 정부의 여러 가지 규제를 피해 가고 있었다.

처음 시작할 때는 그게 상당한 걸림돌이었다.

더구나 미국에 비해 기업에 대한 장벽이 터무니없이 높다.

정말 기업과 자본시장을 보호하기 위한 것인지, 아니면 이미 있는 기업을 보호해 주기 위한 것인지 알 수 없을 지경이다.

그러나 지금의 이진에게 그건 장애가 되지 않았다.

장벽이란 것이 결국은 과세 정책으로 이루어지니 말이다.

지금 상태에서 세금을 더 낸다고 해서 달라질 것은 아무것도 없었다.

이미 테라는 전 세계 80퍼센트 이상의 이동 통신 장비 시장을 장악한 상태.

그걸 기반으로 한 테라 페이 역시 빠른 속도로 확장되고 있었다.

드러내 놓고 할 말은 아니지만, 누가 쌓이는 현금 좀 가져가 줬으면 하는 마음이 들 정도였다.

5대 그룹 공히 현금 보유고가 지나칠 정도로 많았다.

어쩌면 그래서 그걸 인건비로 소모하려다 보니 오늘 이런 일이 생겼을지도 모를 일이었다.

누구나 평등하고 잘 살 수 있는 세상이 실현되면 좋겠지만……. 그 세상을 싫어할 사람도 있을 것이기에 그건 불가능한 일이었다.

"내일 나 일하는 것도 좀 볼래요?"

"무슨 일?"

"아직 정확히는 몰라요. 발령만 여기로 난 건데, 뭐."

"너무 오래하지는 마. 무리하지도 말고."

"자기, 나 걱정되는구나?"

메리 앤의 눈초리가 촉촉해진다.

"당연하지."

"걱정하지 마. 내가 누구야? 메리 앤이야. 테라의 페퍼 포즈. 당신, 개망나니 짓 한다고 할아버님이……."

메리 앤은 맥주를 홀짝거리며 예전 일을 말하려다 입을 다물며 눈치를 살폈다.

"괜찮아. 내가 그렇게 개망나니였어?"

이진은 웃으며 메리 앤에게 물었다.

메리 앤이 양쪽 볼을 꼬집어 뜯는다.

"당연하지. 막 나 있는 데서 다른 여자랑 일부러 키스도 하고, 또 나 불러서 화끈한 밤 보낼 테니까 방 잡아 놓으라고 시키고……."

"어머나, 세상에……."

놀란 것은 이진이 아니라 문소영이었다.

이진이 바라보자 셋이 고개를 돌려 버린다.

"당신이 할아버지 화나시라고 일부러 그런 걸 몰랐다면 난 견디지 못했을 거야."

그게 메리 앤의 속마음이었다.

어쩌면 이진이 그런 암시를 줬는지도 모른다.

어쨌든 메리 앤은 테라에 들어오고 지금까지 이진을 위해 살아온 것만은 분명했다.

그런 메리 앤에게 오늘 같은 일까지 하게 만든 것이 미안했다.

그래서 이진은 오늘 밤 최선(?)을 다하기로 했다.

다음 날 아침.

출근을 한 메리 앤은 당황했다.

직원들에게 인사를 하고나자마자 점장이 호출을 한 것이다.

"안녕하십니까. 채미리라고 합니다, 점장님!"

"오, 듣던 대로 미인에 키가 크네."

메리 앤은 누구에게 들었냐고 묻고 싶었다.

그러나 그냥 참아야 했다.

"감사합니다, 점장님!"

"마침 우리 지점에 마스코트가 없던 참인데 잘됐어."

"예?"

"마트 안내 말이야. 들어오면서 다들 봤겠지만 아줌마들이라……. 채미리 씨가 한번 해 보는 게 어때?"

"전 회계 전공인데요?"

"여기서 전공이 왜 나와. 그럼 난 화학 전공이니 한화에 다녀야겠네? 하하하!"

저걸 유머라고 말하는 것인지.

어쨌든 메리 앤은 대답을 했다.

"…예, 점장님!"

"한화로 가라는 거야, 아니면 하겠다는 거야?"

점장은 처음 보는 메리 앤을 거의 아이 다루듯 했다.

또 업무를 배정하는 방식이 주먹구구식이다.

"안내라면 어떤 업무인지……."

"안내 데스크 말이야. 가만히 앉아서 누가 뭐 물어보면 대답이나 해 주면 돼. 그리고 가끔씩 귀빈들 오시면 차나 좀 내오고……."

위장 취업 • 89

"점장님! 그건 데스크 업무이지 않나요? 전 현장직인데요?"
무슨 회사가 이따위일까?
메리 앤은 돌아 버릴 것 같았다.
캐셔도 회계학 전공과 상관은 없지만 어쨌든 계산이니 그렇다고 치자.
한데, 전공과 전혀 상관없는 안내에 차 심부름까지 시키려 든다.
"채미리 씨는 우리 테라에서 일할 준비가 돼 있긴 한 거야?"
"예. 물론입니다, 점장님!"
"한데 내가 보기에는 안 되어 있는 것 같아서……."
잘하면 하루도 못 채우고 잘릴 판은 아닌가 싶다.
메리 앤은 목적을 상기하며 얼른 각오를 다져야 했다.

제3장

복수

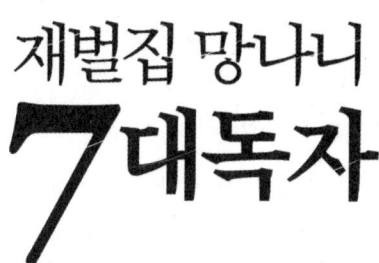

재벌집 망나니 7대독자

"어째서 그렇습니까, 점장님!"

"이봐봐! 다른 사람들은 뭐라도 시켜 달라고 난리인데 벌써 이것저것 따지잖아. 바로 그만두고 싶어?"

메리 앤은 어처구니가 없었지만, 이렇게까지 한 목적을 상기시키며 황급히 대답해야 했다.

"예. 아니, 아니요. 그만두고 싶지 않습니다."

"그럼 안내 데스크에서 일해요."

"하지만 그런 건 좀 더 젊고 예쁜 아가씨들이……. 전 애가 셋인데요?"

"애가 셋이라도 예쁘면 됐지. 하기 싫으면 말고. 나가 봐요."

"…예. 점장님!"

메리 앤은 더 대답하지 못하고 물러나야 했다.

'어쩌라는 거야?'

테라에서 이진과 함께 생활하며 수많은 일들을 겪어 봤다.

예전에는 험한 일들도 손수 했었다.

그게 일이었으니까.

그런데 이런 황당한 상황은 처음이었다.

가만히 생각해 보니 어디로 가야 할지도 몰랐다.

점장이 독단적으로 업무 전체를 지배하고 있다고 봐야 했다.

메리 앤은 좀 전에 직원들 모닝 미팅을 주재한 과장을 찾아갔다.

"과장님! 전 어디로 가면 되나요?"

"그걸 내가 어떻게 알겠어요?"

"그럼 어느 분한테 여쭤보면 될까요?"

"점장님이 말 안 했어요?"

"예."

"그럼 나도 모르지?"

과장은 자기도 모른다면서 서류를 들고 밖으로 나갔다.

메리 앤은 졸지에 점내 사무실에서 오도 가도 못하는 신세가 되었다.

'뭐 이런 개 같은 경우가?'

메리 앤이 황당해하고 있을 때, 사무실에 있던 여직원 중 가장 나이 많아 보이는 여자가 천천히 일어나더니 다가왔다.

"여기서 뭐 해요?"

"예. 제가 어디서 일해야 할지를 몰라서요."

메리 앤은 하마터면 눈물이 핑 돌 뻔했다.

만약 메리 앤이 진짜 취업을 한 후 맞은 상황이었다면……. 정말 울었을지도 모를 일이었다.

그래서일까?

다정한 질문을 받으니 그만 서러움이 폭발할 것 같았다.

그런데 여자의 입에서 나온 말이 가관이었다.

"우리 점장님이 부회장님 라인이잖아요. 부회장님은 프린스턴 라인이고… 웬만한 건 시키는 대로 해요."

"웬만한 거… 라니요?"

"우리 점장이 좀 밝혀. 근데 인사 기록 카드 보고 자기를 콕 찍었나 봐. 그러니 어째?"

"그게 무슨 말씀이세요?"

"적당히 맞춰 주란 말이지. 잘하면 출셋길이 열릴 수도 있는데 뭘 못하겠어? 자기 남편은 뭐 하는데? 테라 직원이면 더 그래야지."

메리 앤은 열이 확 받았다.

'우리 남편이 테라 회장이다.'

하마터면 큰 소리로 그렇게 외칠 뻔했다.

"따라와요."

"예."

"난 안 대리. 아무튼 점장님이 잘 봤나 봐. 상품권 옆자리 가서 앉아요."

"예."

상품권 코너 옆으로 다른 데스크가 있었다.

어쨌든 일할 자리를 얻으니 안심이 되었다.

재활용 쇼핑백을 바꿔 주고 또 다른 민원을 받는 데스크.

거기에는 다른 여직원이 한 명 더 있었다.

"신입?"

"예."

"난 3년 차. 우리 오빠가 지방 점장이라 여기 왔어. 자기는?"

"전… 그냥 시험 보고 왔는데요?"

"그거 묻는 게 아닌데?"

"그럼요?"

"모르면 됐고."

여자는 싸늘했다.

메리 앤을 힐끗 보더니 상품권 코너로 가 다른 직원과 이야기를 나눈다.

"오래 못 가겠는데?"

"왜요?"

"딱 봐도 얼굴발인데, 뭐."

"그야 모르죠."

메리 앤은 한숨이 나왔다.

그리고 괜히 이진에게 화가 난다.
'무슨 회사를 이따위로 경영하도록 놔둔 거야?'

메리 앤은 첫 출근을 한 후 더 이상 소식이 없었다.
이진이 가끔 문자를 보내면 할 만하다는 답장만 돌아왔다.
전화를 하면 받지도 않는다.
정말 할 만하고 바빠서 그런가?
그러나 문소영에게서 돌아오는 정보는 아니었다.
"계산원으로 일해요?"
"아닙니다. 상품권 코너입니다."
"그럼 더 편한 거 아니에요?"
"후우! 아닙니다, 회장님! 그리고 편하려고 가신 게 아니지 않습니까?"
문소영의 대답에 힘이 들어간다.
이진이 고개를 들었다.
"왜 힘든데요?"
"텃세가 심합니다. 다른 직원들이 마마를 잡아먹지 못해 안달입니다."
"왜? 너무 예뻐서?"
"맞습니다."

농담에도 당연하다는 표정으로 넙죽넙죽 대답하는 문소영.

이진은 웃어야 했다.

"게다가 점장이란 새끼가 거의 사적인 심부름만 시킵니다. 마마께서 얼마나 견딜지 걱정입니다."

"……."

그건 문소영이 잘 모르고 하는 소리가 분명했다.

메리 앤은 오래 버틸 것이다.

이미 내공이 쌓일 만큼 쌓인 메리 앤.

아마도 지금쯤 가장 아래에서부터 라인이란 것이 어떻게 형성이 되어 올라갔는지를 알아내려고 분주할 것이다.

그럼 이진도 할 일을 해야 했다.

"그럼 오늘 저녁에 밥 먹으러 간다고 전해 줘요."

"전하!"

"전하는 아니고… 왜요?"

"마마께서 힘드신데 저녁 진지는 그냥 따로 드시는 것이……."

"그렇게 힘들어해요?"

"예. 거실에 샌드백을 다셨습니다."

"큼! 그럼 가면 안 되겠다. 이번 주 일요일로 하죠."

"금주 일요일은 상생 휴무일입니다. 그날은 장안 지점 직원들이 따로 야유회를 간답니다. 가족들도 함께요."

"그럼 나도 가야지."

"일단 그렇게 전해 올리겠습니다. 제가 오늘 찾아뵌 것은……"

문소영이 메리 앤의 곁을 떠났을 땐 다 이유가 있는 법.

"말씀하세요."

"빨리 끝내셨으면 합니다. 마마께서 고생이 이만저만이 아닙니다."

"예. 그럴게요."

이진이 대답하자 문소영이 고개를 숙이고 나갔다.

이진은 잠시 생각에 잠겨야 했다.

그만두라고 해서 그만둘 메리 앤이 아니다.

칼을 뽑았으니 무엇이라도 베려 할 것.

그때까지는 기다려야 했다.

"회장님!"

"아, 예."

오민영이 들어와 다음 약속을 알렸다.

"오늘 장지민 한강 갤러리 관장님과 점심 약속이 있으십니다."

"그래요. 나 혼자 다녀올게요."

이진은 오민영도 떨어뜨려 놓고 사무실을 나섰다.

장지민을 만나기로 한 곳은 강남의 한 일식집이었다.

장지민이 정해서 그러라고 했다.

어차피 오늘은 본론으로 들어가야 했다.

일식집에 도착하자 마이크가 미리 도착해서 기다리고 있었다.

보안 점검을 한 것이다.

이진이 안으로 들어가서 기다린 지 20분 만에 장지민이 나타났다.

흰색 정장을 빼입었는데, 제법 우아한 분위기를 연출하려 애쓴 흔적이 보였다.

"어머, 제가 늦었네요."

"제가 일찍 왔습니다."

이진은 서둘러 자리를 권했다.

그리고 선수를 쳤다.

"보여 드릴 것이 있습니다."

"뭔지 모르지만 기대되네요."

짝짝.

이진이 손뼉을 치자 다다미 방 문이 갈라지며 모니터 하나가 드러났다.

그러고는 문을 연 사람들이 물러갔다.

"뭔가 특별한 것인가 보네요?"

"특별한 것이긴 하죠."

이진은 곧바로 리모컨 스위치를 눌렀다.

모니터에는 장지민이 민예린을 살인 교사하는 장면이 그대로 담겨 있었다.

장지민의 표정은 굳을 대로 굳어졌다.

영상이 끝이 나자 곧바로 침묵이 흘렀다.

먼저 입을 연 것은 장지민이었다.

"고작 우리 한강을 먹자고 테라 회장님이 이런 걸 저에게 보여 주신 것은 아닐 테고……."

"그럼 내가 뭘 원하는 걸까요?"

이진은 씽긋 웃으며 되물었다.

"원하는 게 뭐예요?"

"당신 남편!"

"이재희를 달라? 그럼 설마?"

"맞아요. 내가 이재희가 저지른 일들에 대해 아는데 증거가 좀 부족해서……."

"그게 나와 적이 될 만큼 중요한 건가요?"

"장 관장님이 뭐 그렇게 대단하시다고 적까지……."

이진은 자신만만했다.

"그렇긴 하네요. 만약 제가 거부하면 어쩌시려고요?"

"거부할 수 없을걸요. 공소시효가 남아 있어요. 최소 15년은 살 겁니다. 아무리 좋은 변호사를 불러도 이건 빼박이거든요."

"테라 회장님이 된장 다 되셨네. 좋아요. 증거 넘기죠. 일단 나부터 살고 봐야죠. 한데 다 망한 성산에 왜 그렇게 집착하세요?"

"글쎄요."

이진은 웃으며 말끝을 흐렸다.

내 전생이 박주운이라고 말할 수는 없었으니 말이다.

"그러고 보니 참 이상하네요. 유니버스의 박영주 이사도 그렇고……. 혹시 우리, 아는 사이예요?"

이 여자, 위험한 여자다.

박주운으로 살 때는 그저 이만식 회장의 눈에 들어 이재희와 결혼한 것으로만 생각했는데 말이다.

그리고 지금도 지나치게 당당했다.

무엇이 장지민을 당당하게 만드는 것일까?

그것도 테라 회장 앞에서 그럴 수 있는 사람은 거의 없다.

"한데 말이에요. 이재희가 끌려 들어가면 가만히 있을까요?"

"가만히 안 있으면요?"

"이재희가 그냥 아무나 막 죽이는 놈이긴 하지만, 다른 여러 집안일들도 처리한 적이 있거든요."

"이를테면 우리 아버지 일 같은 것 말이죠?"

"호호호! 눈치채셨네."

그저 이재희의 범죄 증거만 얻으면 장지민에게 얻을 것을 다 얻는 것이라 여겼는데?

"지금 그 말, 감당할 수 있는 겁니까?"

"감당할 수 있으니 입에서 나왔겠죠. 내가 할 일이 없어서 이재희 같은 미친놈이랑 아직 헤어지지 않고 있는 줄 아시나 봐요?"

"그게 아니라면?"

장지민이 웃는다.

뭘 가지고 있기에 저렇게 당당할 수 있을까?

"내 본명은 미치코예요. 순수 일본인이죠."

어디서도 들어 본 적이 없는 정보였다.

철저히 숨겨져 온 것이 분명했다.

"나만 그런 게 아니에요. 샤롤은 아실 테고?"

장지민의 말에 이진은 놀라야 했다.

샤롤이란 이름을 장지민에게 듣게 될 줄은 몰랐으니까.

"회장님이 그토록 애타게 사랑했던 샤롤도 나와 같은 부류였는데 모르셨나 보네."

"그럼 샤롤 역시 내게 의도적으로 접근했었다?"

"당연하죠. 재희랑 떡치는 사이인 한영임은 아실 테고……."

"알죠."

한영임을 모를 리가?

이진의 얼굴은 점점 굳어지다가 다시 밝아졌다.

"아마 내 뒤에 누가 있는지 알면 지금처럼 그런 말 못하실 텐데?"

장지민은 힐끗힐끗 이진의 표정을 살피며 나불거렸다.

"그럼 SEE YOU?"

"뭐, 그렇다고 할 수도 있고."

SEE YOU도 안다.

"한강의 뒤에 SEE YOU가 있는 모양이네요."

"아니죠. 한강 뒤에는 우리 아버지가 계시죠. 그리고 아무리 테라 회장님이라고 해도 우리 아버지가 SEE YOU에서는 더 영향력이 강할걸요?"

"아, 그러셨구나."

이진은 탄성을 내뱉었다.

SEE YOU 멤버들이 다 모였을 때 비어 있던 자리.

그 자리가 바로 장지민, 아니 미치코의 아버지 자리임이 분명했다.

SEE YOU는 만장일치제다.

그러니 미치코의 아버지도 이진이 멤버로 들어오는 것을 찬성했다는 말이다.

그럼에도 그를 알 수는 없었다.

장지민이 자리에서 일어났다.

그리고 구겨진 스커트를 편다.

"난 또 오늘 테라 회장 한번 따먹어 보나 했네. 젠장! 그럼 또 봐요."

"그럴까? 그런데 내 말은 듣고 가야지?"

이진은 곧바로 반말로 응수했다.

"무슨 말? 나 잡아넣으려면 멤버 전체가 다 찬성해야 할 텐데?"

"그건 네 생각이고. 너 내 뒷배가 누구인지 모르지?"

"뒷배? 백그라운드 말하는 거야?"

미치코가 황당한 표정을 지었다.

"그래."

"농담도 참! 이유란 노인네 죽고 네 뒷배가 어디 있어. 넌 된 장들 말로 낙동강 오리 알이야. 그런 건 돈으로 안 되는 거거든."

"내가 오늘 스시년한테 좋은 거 배우네."

말은 막장으로 갔다.

그런데도 웃는 미치코.

"설마 오바마나 아니면 시진핀 이름을 대려는 건 아니지? 우리도 그 정도는 해."

"설마! 들어와."

이진이 누군가를 불렀다.

밖에서 젊은 남자 한 명이 들어온다.

이진도 단 한 번 본 얼굴이다.

"이년 데려다 처리해."

이진의 입에서 못 믿을 만한 말이 나왔다.

"너, 미친 거야?"

"아아! 그러니까 네가 내 뒷배를 몰라서 지금 그런 말을 하는 거야. 내 백그라운드는……."

신이거나 악마일 것이다.

그러니 무엇이 두렵겠는가?

이진은 베이징행 비행기에서의 일을 겪은 후 나름대로

자신에게 주어진 능력의 한계치를 확인했다.

역사를 바꾸면 안 된다.

그러나 누구든 단죄는 가능하다.

그게 신이든 악마든 간에 터치하지 않을 것이다.

그러니 무서운 것이 있을 리가 없었다.

청년이 손에 든 주사기로 장지민, 아니 미치코의 목을 찔렀다.

눈을 부릅뜨던 미치코의 눈이 곧 감겼다.

"알아볼 수 있을 만큼 알아봐요. 그러고는 알아서 해요."

"예, 회장님!"

결과는 이틀 만에 나왔다.

무슨 방법을 썼는지 미치코가 이재희가 저지른 일을 실토했고 따로 보관한 증거까지 입수할 수 있었다.

에티오피아에서 전 과장까지 들어왔다.

"어떻게 할까요, 회장님!"

"우리 문제만 빼고 언론에 그대로 넘겨요. 빠져나갈 구멍 없도록 하고요."

"하지만 걸리는 것이 있습니다."

"걸리는 거요?"

전 과장의 대답에 이진이 물었다.

"녹취 내용 말입니다. SEE YOU와 밀접한 관련이 있지 않습니까?"

"그 내용도 있죠?"

"예. 상당 부분 들어 있었습니다. 미치코의 아버지 가마쿠라가 바로 SEE YOU의 오래된 멤버 중 하나입니다."

"그래요? 그럼 일단 SEE YOU 관련 정보는 보관만 해요."

이미 예상했던 이야기들이 나온다.

이진은 SEE YOU와 전면전을 벌일 준비가 되어 있었다.

아니, 전면전이 아니라도 상관없었다.

그러나 한 번에 모두를 몰락시킬 수는 없다.

문제는 그 혼란의 수습이었다.

일단 SEE YOU가 무너지면 그 뒤를 이어 연준이 무너질 가능성이 있었다.

그렇게 되면 미국 경제가 혼란에 빠질 것이고, 이어 세계 모든 나라의 경제가 뿌리째 흔들릴 수 있었다.

이제까지 듣지도 보지도 못한 혼란이 세계를 덮칠 수 있었다.

그걸 막아 줄 대안이 바로 테라 페이인데, 아직은 미흡했다.

적어도 50퍼센트 이상의 화폐 점유율을 끌어 올리지 않으면 혼란은 불 보듯 확실하다.

"일단 이재희를 제물로 삼읍시다. 그럼 그쪽에서 무슨 답이 오겠죠."

"지난해 베이징에 다녀오신 이후 회장님께서 좀 서두르는 것 같습니다."

전 과장은 이진이 서두른다는 것을 바로 알아차렸다.

그러나 이진의 입장에서 본다면 서두르는 것이 아니다.

베이징 이후는 맞다.

하지만 이진의 입장에서는 그동안 해야 할 일을 미룬 것에 불과했다.

"내일이 4월 16일이죠?"

"예, 그렇습니다."

"그럼 준비해서 2주 후에 발표합시다."

"다음 주가 아니고요?"

서두르다가 다시 시간을 미루는 이진.

전 과장이 의아해한다.

"내일… 아니에요. 이번 주 일요일 야유회 좀 편하게 다녀오려고요."

"아, 예. 말씀 들었습니다. 그렇게까지 하시는 것은……. 송구합니다."

전 과장이 채 말을 잇지 못했다.

마치 자신이 부족해 메리 앤과 이진이 그렇게까지 나서는 것이 아닌 가 자책하고 있는 것이 분명했다.

그러나 이진이 발표를 미루는 것은 다른 일 때문이었다.

2014년 4월 16일은 역사에 기록될 것이다.

그 일을 시작으로 한국은 격변의 시기를 맞게 된다.

물론 오래 지나고 나서 돌이켜 보면 그저 하나의 사고에 불과할 수도 있다.

그러나 어쨌든 이 시대를 살아가는 사람들은 어떤 식으로든 잊지 못할 것.

마음 같아서는 당장 나서서 내일 새벽에 출항할 세월호를 막고 싶다.

그러나 이미 경고를 들었으니 그렇게 할 수는 없었다.

그만큼 베이징 행 비행기 안에서 들은 경고는 엄중했다.

'세상 사람들을 다 살릴 수는 없지. 그리고 모두가 배불리 먹고 편하게 살게 할 수도 없어.'

이진은 자신이 할 수 있는 일, 해야만 하는 일을 하는 것으로 결론을 내렸다.

"그렇게 처리하도록 해요. 에티오피아는 어때요?"

"잘 돌아갑니다. 정치인들이나 관료들은 다 거기서 거기죠. 아마 한국이 발전 과정에서 겪었던 일들을 겪게 될 겁니다."

"어쩔 수 없죠. 그렇지만 나중에 문제가 될 만한 수준의 일은 가급적 삼가요."

"예, 회장님! 명심하겠습니다."

전 과장이 물러갔다.

❖ ❖ ❖

다음 날 아침은 눈을 뜨기 싫었다.
출근을 하자마자 곧바로 오민영이 브리핑을 했다.
"사고가 있는 모양입니다. 선박 사고인 것 같습니다."
아마 CIA 아시아 태평양 지부를 통해 들어온 정보일 것이다.
"알겠어요. 그 사고 관련 소식은 더 이상 보고하지 말아요."
"예, 회장님!"
오민영이 보고를 마치고 나갔다.
오전 10시부터 정부는 여객선 침몰 사고에 대응하는 중앙재난안전대책본부를 구성하여 가동에 들어갔다는 뉴스가 나왔다.
뉴스는 오보 투성이였다.
거의 다 구출한 것처럼 뉴스가 나오다가 나중에는 300명이 아직 배 안에 있다는 뉴스가 나왔다.
점심시간까지 분위기는 그냥 괜찮았다.
메리 앤이 전화를 걸어왔다.
뉴스 이야기였다.
한 걱정을 늘어놓는 메리 앤을 안심시킨 이진은 곧바로 테라 텔레콤에 전화를 걸어 진도에 무선 통신 지원을 서두르라는 지시를 내렸다.
자동차에 역시 긴급 차량 지원 서비스를 실시하라고 지

시했다.

　유통에도 마찬가지로 구호물자를 지원하도록 했다.

　이진이 그러는 동안, 누구도 이 사건이 어떻게 흘러갈지 알지 못했다.

　탑승 인원 476명을 수용한 청해진해운 소속의 인천발 제주행 연안 여객선 세월호.

　4월 16일 오전 8시 58분에 병풍도 북쪽 20킬로미터 인근에서 조난 신호를 보낸다.

　2014년 4월 18일 세월호는 완전히 침몰하였으며, 이 사고로 시신 미수습자 9명을 포함한 304명이 사망하였다.

　침몰 사고 생존자 172명 중 절반 이상은 해양 경찰보다 약 40분 늦게 도착한 어선 등 민간 선박에 의해 구조되었다.

　3년 동안 인양을 미뤄 오다가 2017년 3월 10일 제18대 대통령 박근혜가 파면되고, 12일 후인 2017년 3월 22일부터 인양을 시작했다.

　무려 3년 넘게 진도 앞바다는 세월호뿐만 아니라 대한민국도 침몰시켰다.

　저녁에 퇴근을 하자 메리 앤 역시 성북동으로 왔다.

　메리 앤은 뉴스를 보면서 훌쩍거리고 있었다.

아이들 역시 커다란 사고에 관심이 많았다.

"당신도 와서 봐. 지금 구조 작업이 한창이야."

"난 됐어."

이진은 애써 거절해야 했다.

이미 다 아는 사실, 더 듣고 싶지 않았다.

자신의 일은 아니었지만 나중에 벌어진 일을 알게 되고 나서 박주운 역시 분노가 치밀었었다.

그걸 두 번이나 마음에 담고 싶지는 않았다.

"오늘 마트는 어땠어?"

"만날 그렇지, 뭐. 나 어제하고 오늘 오전까지 근무했잖아."

"왜?"

"빠지는 사람이 있어서……. 근데 이게 말이 돼?"

메리 앤이 그제야 TV에서 시선을 떼며 이진에게 얼굴을 들이밀었다.

"엄마, 아빠랑 뽀뽀할 거야?"

"응? 아니야. 오늘은 미워서 뽀뽀 못하지."

역시 여자아이들이 빠른가?

메리 앤이 얼굴을 들이밀자 가장 먼저 딸 이령이 반응했다.

"왜 미워?"

"아빠가 회사를 잘못 운영해서 엄마가 하루하고도 반나절을 일했거든."

메리 앤의 터무니없는 주장.

그걸 맞받은 사람은 막내 이선이었다.

"그건 엄마가 자초한 일이지. 누가 나가라고 하지도 않는데도 거기 나갔잖아."

"선이 너? 엄마는 다 이유가 있어서 일하는 거야."

"아닌 것 같은데?"

"왜 아닌데?"

"아빠한테 물어봐."

음.

화살이 이진에게 돌아온다.

"그게 엄마랑 아빠랑 꼭 해야 할 일이 있어서 엄마가……."

"며칠 동안 엄마는 전화 통화할 때 기분이 너무 좋았어."

막내 이선이 이진의 말을 가로챘다.

"그랬다고?"

"응! 활기가 넘쳤어. 우리 걱정하는 이야기하면서도 목소리는 해맑았어."

"사실 그렇긴 했지."

이령까지 이선의 주장에 동참하자 메리 앤은 어이가 없는 모양이었다.

결론을 찍은 건 바로 둘째 이요였다.

"그래서 사람은 일을 해야 하는 거야."

아, 졌다.

이진과 메리 앤은 두 손 두발을 다 들어야 했다.

복수 • 113

❖ ❖ ❖

다음 날 오전에 메리 앤이 다시 전화를 했다.
손님이 없어 놀고 있단다.
경기는 한순간에 하강 국면으로 접어들었다.
모두 기분이 좋지 않으니 놀고먹고 할 마음도 들지 않는 것.
오후가 되자 강우신이 들어온다.
"점심은?"
"먹는 둥 마는 둥. 이거 의외로 사건이 커져 가는데?"
강우신은 세월호 사고가 걱정인 모양이었다.
하지만 이미 한 번 겪은 이진은 강우신이 더 걱정스러웠다.
"경기가 하강 국면을 그리겠지. 우리야 뭐 별 상관있겠어? 전자는 어때?"
"돈을 쓸어 담고 있지."
돈을 쓸어 담고 있다는 강우신의 말은 씁쓸했다.
이진이 슬쩍 운을 뗐다.
"형이 가장 큰 공을 세웠는데……."
"미안할 것 없어. 그냥 잘라."
"눈치챘어?"
"내가 바보야? 그리고 우리 집사람도 좀 잘라 줘. 사는 게 사는 게 아니야."
"왜?"

"온 처갓집 친척들 끌어다가 위세를 떨어 대는데, 내가 보기도 민망하다. 우리 아버지도 이제는 물러나실 때도 됐고."

"……."

이진은 마음속으로는 이미 결정을 냈으면서도 좀 미안했다.

강우신은 한국에 테라가 들어와 이만큼 자리를 잡는 데 가장 큰 공을 세웠다.

"이미 생각하고 있었던 거지?"

"……."

이진은 말없이 고개를 끄덕여야 했다.

4월 16일 세월호 사고.

이 사고로 모든 세간의 관심은 다른 데 눈 돌릴 겨를이 없었다.

이 시기가 아니면 테라의 대대적인 인적 쇄신 작업에 매스컴의 관심이 쏠릴 것.

이재희의 일도 그렇다.

이만식 회장이 죽은 지 얼마 지나지 않은 것을 고려할 때 여러 가지 카더라 통신이 난무할 것이 확실했다.

지금이 적기였다.

가장 신경 쓰인 사람이 바로 강우신이었고 말이다.

"미안해, 형!"

"월가의 그림 리퍼께서 왜 이러실까?"

"형은 쉴래?"

"아니. 나 유니버스로 좀 보내 줘라. 그냥 자원봉사자로……."
의외의 말이 강우신의 입에서 나왔다.
"힘들 텐데?"
"힘들어야지. 나 요즘 생각 많았다. 난 경영에 안 어울려. 그리고 결혼도 그래. 아직 아이도 없잖니?"
"아이야……."
"아니. 집사람이 그럴 마음이 없는 거야. 이쯤에서 결혼도 정리해야 할 것 같다. 돈 벌고 위세 쌓으려 결혼한 건 아니잖니?"
"그야 그렇지만……. 형수가 받아들일까?"
"하하하! 그건 걱정 마. 나 잘렸다는 소리 들으면 하지 말라고 해도 할 사람이니까."
"설마?"
이진은 강우신의 말이 믿어지지 않았다.
그러나 당사자의 말이니 사실일 것.
"그리고 조심해. 차진영 그 여자, 아마 물고 늘어질 거야."
"……."
이진은 천천히 고개를 끄덕였다.
강우신이 일어섰다.
오늘따라 어깨가 축 늘어져 보인다.
"나, 휴가 내고 바로 에티오피아로 갈게."
강우신은 그렇게 말한 후 대답도 듣지 않고 회장실을 벗어났다.

이진은 잠시 고개를 숙였다.

강우신은 이진을 잘 안다.

결정이 나지 않으면 입 밖에도 내지 않는다는 걸 말이다.

이진은 오민영을 불렀다.

"회장님!"

"우리가 대주주인 회사들 명단 있죠?"

"물론입니다, 회장님. 가져올까요?"

"아니에요. 모두 다 임시 주주 총회 개최 공고를 내세요. TRI 도움을 받으면 빠를 겁니다."

"예? 아, 예. 회장님!"

"가장 빠른 시기에 날짜를 잡으세요. 안건은 대표이사 및 이사 해임 안이에요."

"저, 전부 말씀이십니까?"

"예. 전부요."

오민영이 바짝 긴장하며 대답했다.

"…예. 알겠습니다."

"공고 나갈 때까지 비밀 유지하시고……. 안나 좀 연결해 줘요."

"예. 회장님!"

오민영이 나가자마자 안나를 연결했다.

"안나! 미안한데 한영 인사를 좀 단행해야겠어."

(회장님도 참! 그런 걸 왜 저한테 말씀하세요. 사람들 시

키세요.)

"그게 아니라……. 서찬이하고 서찬이 누나를 비롯한 전 회장님 라인 말인데……."

(이번에는 확실히 좀 하셔요. 메리한테 저 욕 좀 안 먹게요. 수업 중이라……. 끊어요.)

안나는 밝은 목소리로 전화를 끊었다.

그게 이진을 더 미안하게 만들었다.

이진은 다시 오민영을 불러 5대 그룹 회장단에 지시를 내렸다.

대형 사고가 터진 만큼 일체의 사원 연수 및 여행 등의 행사를 중단하라는 지시가 떨어졌다.

머릿속에 있던 일들을 한 번에 토해 내자 비로소 좀 마음이 여유로웠다.

'이제는 마음 푹 놓고 가자. 눈에는 눈, 이에는 이로…….'

언론이 집중 조명한 사고는 일시적으로 사람들의 안전에 대한 느낌을 바꿔 놓는다.

그것이 자동차이거나 비행기이거나 선박이나 마찬가지이다.

길가에서 불타는 자동차를 보게 되면 그 사고 장면이 잠시 동안 남아 있게 된다.

그리고 이제 세상은 당분간 훨씬 더 위험하게 느껴진다.

개인적 경험, 사진, 생생한 사례들은 타인에게 일어났던 사건이나 단순한 말 혹은 통계보다 훨씬 머릿속에 잘 떠오른다.

아프리카에서 매년 200만 명이 굶어 죽는데도 불구하고, 300명이 죽은 선박 사고가 국민들의 뇌리에 더 충격적이게 와 닿을 수밖에 없는 이유이다.

이처럼 자신의 경험이나 자주 들어서 익숙하고 쉽게 떠올릴 수 있는 것들을 가지고 세계에 대한 이미지를 만드는 것을 '가용성 편향(Availability Bias)'이라고 한다.

온 국민이 가용성 편향에 빠져들었다.

테라 역시 마찬가지였다.

그리고 그 수습 과정은 전형적인 편향에 빠져들었다.

다른 방법을 찾지 못해서 틀린 방법을 그대로 이용하는 것은 결과가 잘못될 줄 알면서도 전력 질주를 하는 것과 같다.

그러니 가용성 편향에 빠지지 않기 위해서는 자신과 다르게 생각하는 사람들, 전혀 다른 경험을 가진 사람들과 함께하는 것밖에는 방법이 없었다.

그러나 말은 쉽지, 그게 그다지 용이하지는 않다.

현실적이지도 않다.

이진 역시 환부를 도려내고 현 체제를 유지해 나가 보려 했지만 결국은 실패로 돌아가고 말았다.

임시 처방이었을 뿐이다.

테라 역시 한국의 4월처럼 가용성 편향에 빠져들었다.
이진은 거기서 빠져나오려 하지 않았다.
오히려 체계를 뒤바꾸는 방법을 선택했다.
곧바로 5대 그룹의 임시 주주 총회 공고가 붙었다.
안건은 그대로 공개되었다.
대표이사 및 이사 해임 및 재선임.
그러나 그 안건은 모든 테라 관련 회사들을 통합시키기 위한 정지 작업에 불과했다.
일견 충격적인 일임에도 불구하고 세월호 사건 때문에 테라의 임시 주주 총회는 메인 뉴스에서도 뒤로 밀렸다.
그러나 다른 나라에서는 아니었다.
특히 산업 시설이 집중된 미국의 웨스트버지니아와 에티오피아에서는 테라의 주총에 촉각을 곤두세웠다.
각 나라 정부들도 마찬가지였다.
임시 주총 소집을 결정한 그 주 일요일.
야유회가 취소되어 메리 앤은 오랜만에 성북동 집에서 쉬었다.
"어쩜! 애들 불쌍해서 어떻게 해?"
"필요한 지원은 전부 제공하고 있어. 유니버스도 나섰다며?"
"보고는 받았어요. 한데 그래 봐야 그저 지원에 불과하잖아요."
가라앉은 배를 당장 끌어 올릴 방법은 어디에도 없었다.

할 일을 해야만 했다.

"내일은 출근해?"

"응."

"그럼 같이 가자."

"왜?"

메리 앤이 의아해하며 묻는다.

"당신도 문제가 얼마나 큰지는 대충은 깨달았을 거 아니야."

"그거야 그렇지. 말단 대리들부터 취업 장사에 열을 올리고 있어요. 연봉을 그만큼 주는데도 딴 주머니를 차니, 원……."

이진은 메리 앤의 이야기를 가만히 들었다.

그건 이유가 있다.

바로 테라의 회계 처리 과정이 지나치게 투명하기 때문이었다.

그러니 예전의 회사들처럼 간부급들이 딴 주머니를 찰 여지가 전혀 없는 것이다.

어떤 거래든 모두 전산 처리되고 입출금이 테라 페이로 처리되니 누구도 손을 댈 수 없다.

회사로서는 이익이다.

국가로서도 이익이다.

세수를 투명하게 거둬들일 수 있으니 말이다.

그러나 테라 계열 회사들의 직원들 중 간부급들에게는 그게 그다지 이익이 되지는 않는 모양.

연봉은 높아졌지만, 예전에 해 오던 관행적인 돈벌이 수단이 완전히 차단된 것이나 다름없었으니 말이다.

접대비의 경우까지도 테라 페이로 처리를 해야 하기 때문에 없는 걸 있는 것으로 만드는 것은 거의 불가능하다.

그래서 취업 장사가 시작된 것이다.

과거의 썩은 관행을 당연한 것으로 여기던 직원들이 태반이었다.

그걸 도려내지 않으면 어떤 것도 해결되지 않을 것이 분명했다.

게다가 더 큰 문제는 이들이 설사 해고를 당해도 다른 부패 루트를 통해 재진입할 수 있다는 것이었다.

그래서 죽기 살기로 친인척과 지인들을 테라에, 심지어 캐서로라도 집어넣으려고 안간힘을 쓰고 있었다.

"라인 하나 죽인다고 해서 해결될 문제가 아니지?"

"맞아요. 글쎄, 마트 지점에도 라인이 있어요. 점장 라인, 과장 라인, 심지어 보안 라인까지 있다니까요?"

"보안 라인은 뭔데?"

"하다못해 경비하고 주차 안내원들까지 라인을 못 타면 들어오질 못해요. 게다가 그 사람들도 전부 줄을 서야 해요. 아니면 잘리거든요. 라인별로 상하 관계가 분명해요. 야유회는 사실 그런 라인끼리 만나 누가 위고 누가 아래인지를 보여 주는 자리래요."

"정말?"

"그렇다니까?"

메리 앤이 왜 자신의 말을 믿지 못하냐며 눈을 흘겼다.

그때 문소영이 들어왔다.

"두 분이 오셨습니다."

"그래요? 같이 가자."

"누군데?"

메리 앤이 묻는다.

이진은 먼저 일어섰고, 문소영의 답을 들은 메리 앤이 따라붙었다.

부름을 받은 사람은 전칠삼과 오시영이었다.

인사를 나누자 이진이 질문을 했다.

"대략 어느 정도 커버가 될까요?"

"주요 요직을 위주로 해서 현재 12,000명가량이 투입 준비를 마쳤습니다."

"그럼 그분들은 모두 이직을 할 의사가 있는 거예요?"

"당연하지 않습니까? 험!"

전칠삼은 당연하다며 헛기침을 했다.

그러자 오시영이 덧붙였다.

"전하! 사실 예전에는 어려운 일이었을 겁니다. 그러나 이제 테라가 명실상부한 세계 최고 아닙니까? 굳이 부르시지 않으셔도 스스로들 들어오고 싶어 합니다."

반가운 일이다.

대우도 제대로 해 주고, 또 테라에 충성하는 직원들이 많다는 것이 말이다.

"그게 다 무슨 말씀이세요?"

메리 앤이 물었다.

"지난해 이사들 뇌물 사건 끝나고 구상한 거야."

"뭘?"

"너무 깊어서 다 잘라 내기는 힘들겠더라고. 그래서 이제는 완전한 친정 체제로 들어가려고."

"그럼 5대 그룹을 통합하려고요?"

"맞아. 전에는 불필요하게 세 부담이 커져서 미뤘지만 이제는 아니야."

이진은 사실대로 메리 앤에게 대답을 했다.

2008년만 해도 회사를 사도 직접 운영할 생각은 없었다.

게다가 그룹이 하나로 묶이게 되면 정부의 제재가 뒤따른다.

그걸 피하는 것도 고려해야 할 사안이었다.

그러나 6G 혁명 이후 그런 장벽이 사라졌다.

돈은 남아돌고 어떻게라도 사회에 환원해야 하는 처지였다.

또 어느 정부도 이제는 테라에 이래라저래라 할 수는 없다.

이미 중국이 6G 진입이 테라의 거부로 인해 늦어지면서 치명타를 입는 것을 봤기 때문이다.

그래서 경영 체제를 친정 체제로 전환해 강력한 파워를 발휘할 생각이었다.

거기다가 테라 가문의 사람들로 주요 요직을 모두 채운다면?

사실 복잡하면서도 위험한 일이긴 했다.

그러나 결국 그것 외에는 현재의 썩은 부분을 도려내고 혁신할 방법은 없었다.

"최대한 가문의 사람들을 테라에 투입해 완벽한 친정 체제를 구축할 생각인 거죠?"

"영특하십니다, 마마!"

"힘! 뭐, 영특까지는 아니고요."

전칠삼의 칭찬에 메리 앤이 헛기침까지 했다.

"이 구상은 에티오피아에서 나온 거야. 거긴 거의 모두가 우리 식구들이잖아."

"그렇죠."

"그래서 부정부패도 없어. 고작 해 봐야 현지인들 사이의 소소한 뒷거래 정도야. 그것도 경찰에 고발하면 끝나고."

"그래서 그런 식으로 바꾸시려는 거죠?"

"응. 어때?"

"굿 아이디어네. 진즉에 그렇게 할 걸."

메리 앤이 윙크를 한다.

에티오피아의 경우 거의 모든 간부급 직원들이 테라의 사람들로 채워져 있었다.

그래서 부패나 부정이 위로 올라갈 수 없는 구조가 되었다.

소소한 횡령이나 배임 행위는 곧바로 에티오피아 사법 당국에 고발하면 그만이었다.

한국도, 아니 전 세계의 테라 계열사들도 모두 그렇게 만들기로 한 것이다.

"우선은 5대 그룹 개별 회장을 맡을 적임자들입니다. 주로 타 기업에서 경영 수업을 거쳤고 전문 지식을 갖춘 자들입니다."

오시영이 서류를 내놓았다.

"이분들하고는 이야기가 어디까지 됐어요?"

"전하의 뜻을 받아들였습니다. 테라에 들어오면 충심을 다할 것입니다."

이진은 고개를 끄덕였다.

그러자 메리 앤이 옆구리를 콕콕 찌른다.

"왜?"

"강 회장님은?"

"이미 사표 냈어. 참! 그 형이 유니버스 봉사활동을 하고 싶다네. 봉사대에 좀 넣어 주지?"

"봐봐! 바로 이래서 라인이 생기는 거야. 안 그래요?"

메리 앤이 이진을 타박하며 두 노인을 바라본다.

그러나 두 사람은 대답을 하지 못한 채 고개를 돌려 버렸다.
"그게 무슨 라인이야. 봉사활동이잖아."
"그냥 봉사활동에 테라 전자 회장 출신을 어떻게 넣어요?"
"……."
이진이 대답을 하지 않았다.
그러자 메리 앤이 눈을 크게 뜬다.
"그럼 정말 강 회장님이?"
"그렇다니까."
"진영 언니는 알아요?"
"차진영 사장은 그만둘 거야."
이진은 메리 앤의 질문에 딱 선을 그었다.
그러자 메리 앤은 입을 다물었다.
이미 결정된 사안이란 것을 안 것이다.
그리고 이진이 무언가를 결정했을 때는 절대 물러서는 법이 없다는 것도 메리 앤은 잘 알고 있었다.
이진은 전칠삼과 오시영에게 몇 가지 당부를 하고는 내보냈다.
그리고 메리 앤에게 말했다.
"그만 나갈 거지?"
"내일은 나갈래요. 그리고 모레까지……."
"왜?"
"나도 깽판 좀 치고 끝내도 끝낼래. 일주일이 지옥 같았어요. 내가 그런데, 다른 힘없는 직원들은 어땠겠어요?"

억울하고 서운한 일들이 많은 모양이었다.

이진은 고개를 끄덕이며 말했다.

"그럼 화요일 날 투룸 정리하러 가자. 나도 도울게."

"그럼 고맙고요. 힘없이 당하는 사람들 보니까 우리 잘해야겠더라……."

메리 앤이 넌지시 말했다.

그 말은 이진에게 하는 충고로 들렸다.

"아니, 채미리 씨?"

"점장님! 어서 오세요. 매일 출근이 늦으시네."

화요일 아침.

채미리였던 메리 앤은 점장실 점장 자리에 다리를 꼬고 앉아 있었다.

그 옆에는 문소영과 테라 유통 본사에서 면접관이었던 전미경 과장이 서 있었다.

"서 있지 말고 앉으세요."

"혹시 전 과장님 아니십니까?"

"맞아요. 앉아요."

전미경이 고압적인 자세로 점장 배태경에게 앉으라는 지

시를 내렸다.

　주춤거리며 앉은 배태경 점장.

　아직도 무슨 일인지 몰라 당황한 표정이 역력했다.

"제가 누군지 모르시죠?"

"채… 미리 씨 아닌가요?"

"그건 가명이고… 내 이름은 매리 앤이에요. 한국식 이름은 안메리죠. 그래서 남편이 가끔 메리 아니냐고 놀려요."

"그게 무슨……."

"유머 감각도 없으시네."

　메리 앤이 유머 감각 이야기를 하자 문소영 혼자 웃었다.

　사실 이진도 그 농담에는 웃지는 않았었다.

　어찌 되었건.

"메리… 라면……?"

"근데 이놈이?"

　배태경 점장이 메리란 이름을 중얼거리자 문소영이 달려들려 했다.

　메리 앤이 손을 들어 막았다.

"나예요. 메리 앤! 테라 유니버스 회장이자 테라 회장 이진의 와이프! 이래도 몰라요?"

"헉!"

　배태경 점장은 화들짝 놀라며 손으로 입을 가렸다.

"꼭 여자처럼 반응하시네. 그래서 여자들을 그렇게 좋아

하나? 그것도 남의 유부녀를?"

"예, 물론입니다. 아, 아닙니다. 한데 회장님께서……."

배태경 점장은 당황해서 헛소리를 했다.

"왜 왔냐고요? 그야 배 점장님이 하도 직장 내에서 나쁜 짓을 많이 해서 해고하려고 왔죠. 성희롱만 해도 17건, 거기다가 취업과 보직을 조건으로 받아 처먹은 돈만 해도 무려……."

"17억 원입니다."

문소영이 귀띔을 했다.

"설마 17억 원뿐이겠어요? 아마 까 보면 더 많을 거예요."

메리 앤이 희죽거리며 말하자 배태경 점장은 사색이 되었다.

그러나 곧 딴소리를 한다.

"소문에 불과합니다. 그런 증거는 어디에도 없습니다. 확인해 보시죠."

배태경 점장은 자신만만했다.

그러나 메리 앤이 그런 반응이 나올 것을 예상 못하지는 않았다.

"그런 말 할 줄 알았어요. 그래서 내가 이미 진술서를 다 받아 놨죠."

메리 앤이 월요일 하루를 더 출근하기로 한 것은 진술서를 받기 위해서였다.

메리 앤이 유니버스 회장이란 것을 밝히자 여직원들은 너나 할 것 없이 불만을 토로했다.

그런데도 배태경 점장은 여전히 뻔뻔했다.

"유니버스 회장님께서……. 여긴 유통입니다. 평소 이진 회장님께서는 분명히 경영과 소유를 분리하신다고 하셨는데요?"

시간을 벌려는 수작이다.

그것 또한 생각 안 해 둔 것이 아니었다.

이미 작년 부정부패 사고 때 테라 본사에서도 일어난 일이다.

그때 관리팀장과 관련된 사람들은 다 지금처럼 오리발 작전으로 일관한 후 빠져나갈 방법을 모색했다.

현장에서 체포를 당했음에도 워낙에 많은 수의 백 라인들을 거느리고 있어 심지어 범죄 사실을 소명하기 어려운 경우까지 있었다.

지금 배태경 점장도 옆에서 지켜본 메리 앤 앞임에도 그 수를 쓰는 것이다.

이미 끝났으니 챙길 건 챙기고 최소한의 책임만 지자는 의도가 분명했다.

"그 말은 사실이네요."

"게다가 위장 취업도 하셨고 사적인 정보를 몰래 취득하셨네요. 이 정도면 매스컴에서 탐낼 만한 뉴스 아닐까요?"

심지어 협박까지 하는 배태경 점장.

문소영이 바짓가랑이를 휘날리며 달려들었다.

"이 새끼가 돌았나?"

메리 앤이 말릴 틈도 없이 문소영이 배태경 점장의 멱살을 잡았다.

덩치는 더 큰데 문소영의 손아귀에서 벗어나지 못하며 숨을 헐떡거리는 배태경 점장.

"놔줘요."

문소영이 메리 앤의 지시에 잡았던 멱살을 놓았다.

"켁! 퉤! 내 원 참 더러워서! 재벌은 아무렇게나 사람 이 따위로 취급해도 되는 거야?"

배태경 점장이 고래고래 소리를 질렀다.

그때, 문이 열리며 누군가가 들어왔다.

그러자 곧바로 배태경 점장은 사색이 되었다.

"부, 부회장님!"

들어온 사람은 바로 이민철 유통 부회장이었다.

프린스턴 라인이라고 불리며 온갖 전횡을 일삼은 주역.

이민철 부회장은 배태경 점장을 거들떠보지도 않았다.

그리고 메리 앤을 향해 약간 고개를 숙여 인사를 했다.

"유니버스 회장님을 뵙네요. 내가 프린스턴 선배인데……. 혹시 기억나요?"

"당연히 기억나죠."

메리 앤이 화사하게 웃으며 자리에서 일어섰다.

그리고 다가가 손을 내민다.

이민철 부회장은 그럴 줄 알았다는 표정으로 역시 손을

내밀었다.

그 순간, 메리 앤의 하이힐이 곧바로 이민철 부회장의 정강이를 걷어찼다.

"아악!"

"내가 널 어떻게 기억을 해, 이 새끼야! 그때 나 좋다고 따라다닌 남자들이 100명도 넘어."

"푸훗!"

정강이를 붙잡고 쩔뚝거리는 이민철 부회장을 보며 문소영이 입을 가린 채 웃었다.

"내가 듣자 하니까 여기 다 부회장 라인이라면서요?"

"그게 무슨……."

"일단 앉읍시다."

메리 앤은 누가 봐도 뻔뻔했다.

방금 정강이를 걷어차더니 바로 정색을 하고는 자리를 권한다.

그러나 이민철 부회장도 마찬가지였다.

곧 자세를 바로 하더니 다리를 꼬고는 메리 앤과 마주 앉았다.

"기억하지 못하신다니 아쉽네요."

"그때는 기억 못하지만 지금은 기억하죠. 프린스턴 라인이 워낙에 테라에서 대단해야 말이죠."

"이미 아실 건 다 아신 것 같은데, 편하게 가시죠."

"가긴 어딜 가요?"

"난 등기이사예요. 그리고 지금 하신 말씀처럼 라인이 많죠. 작년에 한국 테라 지주 문제가 생길 때부터 이런 날이 올 줄 알았어요."

"아! 그러셨구나. 프린스턴에서 그런 걸 주로 배우셨나 봐요?"

"선배한테 말버릇이 나쁘시네."

이민철 부회장은 배태경 점장보다 더하면 더했지, 덜하지 않았다.

그런 이유는 이미 대비가 되어 있다는 의미나 다름없었다.

무얼 어떻게 대비했을까?

메리 앤으로서는 이해가 가질 않았다.

그때, 이진이 마이크를 데리고 안으로 들어왔다.

마이크는 지난번 소더비 경매에서 산 '걷는 남자'를 상자에 담아 든 상태였다.

이민철 부회장이 자리에서 일어나 인사를 한다.

"오! 지점에 유통 부회장님도 나와 계시네요."

"테라 유니버스 회장님이 근무까지 하신 것에 비하면 아무것도 아니죠."

첫 대면부터 불꽃이 튀었다.

공식 석상에서 얼굴을 본 적은 있지만 말을 섞은 것은 이번이 처음이었다.

"그런가? 메리! 가자."

"예?"

이진은 가자며 메리를 재촉했다. 그래서 오히려 메리 앤이 당황했다.

"기왕 만나 뵈었는데 이야기나 좀 나누시죠."

"무슨 이야기를……?"

이진이 이민철 부회장을 바라봤다.

"임시 주주 총회 말입니다. 여시지 않는 것이 어떨까요?"

이미 임시 주주 총회를 연다는 사실까지 안다.

물론 이미 배포된 자료가 있긴 하지만, 공식적인 발표가 나기도 전이었다.

"어째서요? 대주주로서 당연한 권리인데요."

"아마 투표를 하시면 지실 겁니다. 회장님 쪽이 많은 지분을 가지고 있긴 하지만 직원들도 만만치 않죠."

이건 협박이었다.

그러나 이민철 부회장은 뭘 잘 모르고 있었다.

또 직원들을 내세운다.

"그 말은 건드리면 직원들도 같이 움직인다, 뭐 그런 말인가요?"

"그렇게 생각하셔도 되고요. 회사가 누구 하나의 소유는 아니라고 주장하신 분이 회장님이시죠."

"내가 그랬나?"

이진은 메리 앤을 바라보며 빙긋 웃었다.

"설사 주총에서 해임안이 의결된다고 해도 파국을 맞을 겁니다. 5대 그룹의 직급 체제가 순식간에 무너질 테니까요."

"그 말은 해임된 이사들을 따라 단체 행동에 나설 직원들이 많다는 소리네요."

"잘 아시는군요. 중견 간부급들만 최소한 만 명 이상 자리를 비울 겁니다. 그렇게 되면 테라는 엄청난 타격을 받을 겁니다."

"그렇긴 하겠네."

이진도, 메리 앤도 그냥 웃어야 했다.

이미 그런 대책은 다 마련된 상태였으니 말이다.

그러나 그걸 구태여 알려 줄 이유는 없었다.

"내가 한국에 오래 있으면서 가만히 있으니까 다들 우습게 보이나 봐?"

"그러게요. 유통 회장도 아니고 부회장이 다 엉기네."

메리 앤이 어이없다는 투로 말했다.

그러자 이민철 부회장의 안색이 사나워진다.

모욕을 당했다고 여기는 것이다.

그건 이민철 부회장이 메리 앤에게 어느 정도는 마음을 두고 있었다는 반증이기도 했다.

이진 역시 기분이 나빠졌다.

그러나 웃으며 말했다.

"내가 돈이 많아요. 현재 가진 테라의 지분을 다 잃어도 난 전혀 상관 안 해요. 왜냐하면 다시 말하지만 내가 돈이 많아서 그 정도는 껌 값이거든요. 가서 전해요."

"누구한테 전하라는……."

"미쓰이에 전해야지."

"뭘 잘 모르시네."

곧바로 이민철 부회장의 말은 반 토막이 났다.

이진이 눈짓을 보냈다.

문소영이 메리 앤을 일으켜 밖으로 데리고 나간다.

그리고 마이크가 남은 사람들을 모두 밖으로 내보냈다.

"정확히는 후지 고오에. 미쓰이를 중심으로 전범 기업들이 뭉쳐 SEE YOU에 자리 하나를 얻었지. 그런데 이제는 주인 행세를 한다지?"

"그, 그걸 어떻게……."

"이민철. 이완용이 양자로 거둔 이철진이 다시 양자로 들였다며? 내가 듣기로는 이완용 역시 양자로 들어가 나라를 팔아먹을 힘을 얻었다던데?"

"이놈!"

"집구석은 매국노 집구석이라도 친자식들은 또 아니었나 봐? 다 양자들이 해 먹잖아?"

"입 다물어. 이 새끼야!"

"그놈 참!"

이진은 빙긋 웃었다.

"내가 그것까지 알 줄은 몰랐겠지. 근데 말이야. 이래 봬도 내가 왕손이거든. 우리 조상들이 설마 나라 팔아먹은 놈들 뒷조사도 안 했을까?"

이진의 말.

그건 기록을 두고 하는 말이었다.

조국인 조선에 무슨 일이 생길 때마다 조상들은 그걸 모두 조사하고 기록으로 남겨 두었다.

그 와중에 을사오적이 예외일 리는 없었다.

그 을사오적의 자손들은 대를 이어 테라의 조사 대상에서 늘 우선순위에 있었던 것.

누가, 어디서, 어떤 지위로, 무엇을 하는지 모두 상시 관리가 이루어지고 있었다.

그것이 바로 전 과장의 집안이 하는 일이었다.

이민철은 그렇게 레이더에 포착된 것.

"조상이 나라를 팔아먹더니 여전히 제 버릇 개 못 주네. 너 영주한테도 그래서 접근한 거지?"

"…허! 하하하! 하하하하! 그렇다고 하자. 내가 오늘 한 방 먹었네. 그렇지만 앞으로 기대해도 좋을 거야."

"어! 무서워. 돌아가는 길 조심해라."

이진의 말에 다시 한 번 노려본 이민철이 밖으로 나갔다.

이진도 뒤따라 밖으로 나갔다.

테라 마트 수원 장안 지점 안은 난리가 났다.

손님들까지 테라 회장과 유니버스 회장의 등장에 스마트폰을 들이댔다.

임시 주주 총회 공고가 나가자마자 이진은 곧바로 조사한 이재희의 범죄 사실을 검찰총장에게 넘겼다.

검찰총장은 사안이 엄중한 만큼 전담 수사본부를 구성한다는 발표를 했다.

그러나 그 임팩트는 그렇게 크지 않았다.

워낙에 세월호 사고의 여파가 전국을 강타하고 있었기 때문이었다.

2014년 5월이 되자 가장 먼저 테라 유니버스의 주주 총회가 열렸다.

사실 주주가 전부 다 해서 다섯에 불과했기에 열렸다는 말도 어울리지 않았다.

다섯이라지만 아이들 셋을 제외하면 이진과 메리 앤이 전부였다.

그럼에도 이진은 그 사실이 새어 나가지 않도록 극도의 보안을 유지했다.

그걸 아는 사람은 어머니 데보라 킴과 안나 외에는 없었다.

심지어 양대 가문의 수장들도 그 사실을 알지는 못했다.

형식적인 주총에서 의결권을 모두 한국 테라 지주에 위임했다.

그리고 한국 테라 지주는 법무법인에 의결권 행사를 위탁했다.

2014년 5월 16일, 일본 정부가 집단 자위권 공식 행사를 선언한 날, 가장 먼저 테라 전자의 주총이 열렸다.

주총 행사장은 잠실 올림픽 스타디움이었다.

모든 주주들의 참석이 허락되었다.

의외로 주총을 방해하려는 어떤 움직임도 없었다.

국민연금을 비롯한 산업은행등도 주주 자격으로 임시 주총에서 의결권을 행사했다.

의결 사항은 단 하나.

현 대표이사 및 이사의 해임 및 신임 대표이사 및 이사 선임이었다.

전자 투표인 관계로 투표 즉시 집계가 이루어졌다.

무려 2만 명이 넘는 임직원 및 주주들이 참석해 투표 결과를 지켜보았다.

〈찬성 96퍼센트, 반대 3.5퍼센트, 기권 0.5퍼센트〉

결과는 참여한 사람들이 보기에도 놀라웠다.

주주 총회장에 동원된 대부분의 사람들은 반대파였기

때문이었다.

"사기야!"

"개표를 다시 진행해라."

"이진은 물러나라."

여기저기서 욕과 고성이 쏟아져 나왔다.

그러나 가장 정밀한 테라 전자의 보안 기술이 적용된 전자 투표가 틀릴 리가 없었다.

"정숙해 주세요. 정숙해 주십시오. 이 투표 결과는 재검표가 필요한 결과가 아닙니다. 이의가 있으신 분은 직접 나오셔서 확인을 하셔도 좋습니다."

진행자의 말에 우르르 사람들이 쏟아져 나갔다.

그러나 달라질 것은 없었다.

2시간 동안 이것저것 살펴봤지만 나온 것은 단 하나였다.

테라 전자의 지분 중 90퍼센트를 테라 유니버스가 보유하고 있다는 것.

그리고 그다음 5퍼센트를 보유하고 있는 사람이 다름 아닌 이진의 어머니인 데보라 킴이었던 것이다.

"대체 테라 유니버스 주주는 누구야?"

"나오라고 그래. 이진 회장 아니야?"

다시 고성이 쏟아져 나왔다.

그러나 그걸 확인할 방법은 없었다.

그리고 그게 사실이라고 해도 테라 유니버스는 비공개

사회복지법인.

　주주 총회는 이어진 항의와 회사 측의 해산 시도로 난장판이 되었다가 저녁 늦게야 종료되었다.

　다른 회사들의 주총 역시 다르지 않았다.

　거의 같은 결과들이 나타났다.

　단지 5대 그룹에 속하지 않은 한영과 HTBS만 대주주가 송안나였고, 송서찬이었다.

　2014년 한 달이 지나는 동안 이진은 계획했던 대로 모든 회사의 조직을 직접 장악해 버렸다.

　예전의 회장단이 소유와 자본의 분리를 기반으로 구속력이 약했다면 이번 회장단은 아니었다.

　모두 테라의 가신들.

　충성심은 어느 때보다 높았다.

　2014년 7월 3일.

　시진핀이 국빈으로 내한한 날.

　미국의 이스트사이드 저택에서는 테라 그룹 회장단 회의가 열렸다.

제4장

비선, 그리고 소재 전쟁

재벌집 망나니
7대독자

오랜만에 이스트사이드 저택에 활기가 돌았다.

곧 손님 아닌 손님들이 몰려들 것이었기에 데보라 킴과 메리 앤은 부지런히 움직였다.

2014년 6월 3일은 이진의 아버지, 이훈의 기일이었다.

평소에는 조용히 미국식 추도식으로 고인을 추모했었다.

그러나 이번에는 달랐다.

웨스트버지니아의 묘역에 테라 가문 사람들이 총출동했었다.

이진 역시 아이들까지 모두 대동한 채 웨스트버지니아 묘역에 다녀왔다.

제사도 성대하게 한국식으로 지냈다.

그리고 한국에서는 한창 지방 선거가 진행되고 있을 때 이진은 뉴욕 이스트사이드 저택에서 가족들과 머물렀다.

그리고 6월 7일에는 아프리카 콩고 민주공화국 동부 사우스 키부 주에서 무장 괴한들이 교회를 습격해 부녀자와 어린아이 등 30여 명을 학살하는 사건이 벌어졌다.

이스트사이드 저택 회동은 그다음 날 열렸다.

오랜만에 이스트사이드 저택에 활기가 돌았다.

메이드들은 회의가 열릴 건물의 먼지를 털어 내고 청소를 했다.

모든 일은 어머니 데보라 킴이 주도했다.

사실 안나와 데보라 킴을 제외하면 이런 일을 해 본 사람은 없었다.

이런 식의 가문 회의가 열린 것은 이진이 태어나기 전, 아버지 이훈이 결혼하기 직전이었다고 한다.

오늘 회의가 명목상으로는 테라 회장단 회의였으나 사실상은 테라 가문 회의나 다름없었다.

오후가 되자 자동차들이 줄을 이어 저택으로 들어섰다.

저녁 무렵이 되자 식사가 시작되었다.

마치 사극을 보는 듯한 광경이 펼쳐졌다.

작은 상들이 겹겹이 쳐진 벽 사이 방마다 하나씩 들어갔다.

그리고 한순간 중앙에 쳐진 발이 열리며 이진의 모습이 드러났다.

이진의 앞으로는 삼둥이가 상 하나씩을 받은 채 앉아 있었다.

그리고 그 양옆으로는 전칠삼과 오시영이 역시 상 하나씩을 앞에 두고 앉았다.

예전에도 이런 식의 회의가 몇 번 열린 적이 있다고 들었다.

그러나 이진이 회의를 주재하는 것은 처음이었다.

방마다 앞으로는 발이 쳐져 서로의 모습을 바로 알아볼 수는 없었다.

"오랜만에 어식을 대하니 감개가 무량합니다."

전칠삼이 뜬금없이 어식이란 말을 꺼냈다.

"자! 다들 드시지요."

이진이 얼른 젓가락을 들었다.

그러자 삼둥이가 상을 향해 와락 달려들었다.

한식을 먹긴 먹어 봤지만 이런 상은 처음 대하는 것.

식욕이 당기는 모양이었다.

그런 모습을 흐뭇한 미소로 바라보던 전칠삼과 오시영이 수저를 들자 모두 식사가 시작되었다.

이런저런 담소가 오갔다.

낮에 이미 기본적인 향후 계획에 대한 브리핑이 있었기에 더 이상 사업 이야기는 나오지 않고 있었다.

이진은 그런 것이 마음에 들었다.

사실 통합 전 개별 기업으로 운영할 때는 마음에 안 드는 것이 있어도 정식 절차를 거쳐야 했다.

그러나 막상 통합을 하고 나니 그럴 필요가 없었다.

업무든 아니든 일단 한번 지시가 내려가면 곧바로 그 지시는 말단 직원들에게까지 제대로 전달이 된다.

새 회장단이 출범한 지 며칠 지나지도 않았음에도 그게 가능했다.

테라 가문 소속의 직원들은 회사 일을 자기 일처럼 했다.

그것이 가장 다른 점이었다.

어느 기업이나 바라는 문화이겠지만, 그런 문화를 가진 기업은 없다.

최첨단을 달리는 페이스북이나 애플도 테라가 가진 이런 충성심을 따라올 수는 없었다.

그러나 그런 가문 내 사람들의 충성심을 유지하려면 그만한 대가가 따른다는 것을 이진이 모를 리 없었다.

"불편해하는 직원들은 없습니까?"

"그럴 리가요? 모두 만족하고 있습니다."

이진이 슬며시 입을 열자 전칠삼이 화들짝 놀라며 대답을 했다.

이진은 웃고 말아야 했다.

예상했던 대답이다.

하지만 사람의 욕구란 것은 서로 다른 법.

여태까지 지원을 해 왔다고는 하지만 그렇다고 불만이

있는 구성원이 없을 수는 없었다.

"혹시 모르니 그래도 가문 내 분들의 고충을 직접 챙겨 주세요."

"예. 저, 회장님!"

전칠삼은 전하란 말을 하려다가 낮에 데보라 킴의 당부가 있었기에 황급히 회장님이란 단어로 대체했다.

"올 연말까지는 모든 조직이 제자리를 찾고 갈 수 있도록 부탁드립니다. 자! 드시지요."

이진은 사업 이야기를 하지 않으려다가 스스로 하게 되자 마음이 불편했다.

그래서 헛기침을 해야 했다.

요리는 계속해서 안으로 들여졌다.

먹고 나면 치워지고 다른 요리가 등장한다.

이른바 이스트사이드식 한정식이다.

모두 먹고 대화를 나누고 하자 이진 역시 먹는 데 집중했다.

그러자 오씨 가문의 수장 오시영이 슬그머니 이야기를 꺼냈다.

"계열사에 만들어진 라인들은 순식간에 붕괴되었습니다. 그리고 그 자리를 모두 메웠습니다. 문제는 일반 직원들입니다."

"그렇습니다. 모두 뇌물 공여가 성립되므로 사법 처리를 해야 마땅하나, 그렇게 되면……."

오시영의 말을 전칠삼이 받았다.

그것이 지금 당면한 가장 큰 문제였다.

이진이 입을 열었다.

"그냥 두세요. 대신 새로 자리를 빌미로 뇌물을 주거나 받으면 어떻게 되는지를 확실히 보여 주세요."

"예, 회장님!"

"노조는 어때요?"

이진이 노조에 대해 물었다.

"노조원들 상당수가 뇌물죄로 구속되면서 사실상 와해된 것이나 다름없습니다."

"그거 잘됐군요."

"이참에 노조 자체를 없애 버리는 것이?"

오시영의 답변을 듣던 전칠삼이 입을 열었다.

그러나 그건 좋지 않은 생각이었다.

"새로운 노조 설립을 지원하세요. 대신 노조 역시 투명하게 운영되어야 합니다."

"예, 회장님!"

계속해서 주총 이후 바뀐 사안들에 대한 이런저런 이야기들이 오갔다.

올해는 그렇게 내부를 결속시키는 것이 중요했다.

이진의 생각대로 대략 1만 5천 명의 가문 출신 직원들이 일시에 들어가면서 큰 혼란을 피할 수 있었다.

또 세월호 사건이라는 큰 사건이 있어 국내 여론의 집중 포화는 피했다.

그러나 미국을 비롯한 해외 언론들은 가차 없이 테라에 대한 기사를 쏟아 내고 있었다.

〈사상 초유의 거대 기업 집단의 탄생.〉
〈세계 1위에서 10위까지의 부호 전 재산, 테라 회장의 재산에 미치지 못해.〉
〈테라의 지나친 시장 점유율에 G7 국가 모두 우려 표명.〉

언론을 통해 나온 기사들은 대충 그랬다.

그러나 직접적으로 문제를 제기하는 곳은 어디에도 없었다.

모두가 당장 돌아올 불이익에 조심스러워하는 눈치였다.

또 이진이 행동을 개시했으니 SEE YOU도 조만간 행동에 나설 것이 분명했다.

이진은 조용히 그걸 기다리는 중이었다.

빨간 펜은 여전히 이재희를 가리키고 있었다.

지금 이재희는 살인죄로 구속된 채 수사를 받고 있는 중이었다.

그럼에도 아직 이재희가 빨간 펜으로 써진다는 것은 그에 대한 처분이 끝나지 않으면 다른 키워드는 나오지 않을 것이란 의미였다.

이진은 그걸 잘 알기에 조용히 내실을 다지며 SEE YOU

의 반격에 대비할 생각이었다.

철썩.

둔탁한 소음과 함께 여자 한 명이 바닥에 널브러졌다.

그러나 곧바로 자세를 바로 하더니 무릎을 꿇고 앉는다.

"오토상!"

"칙쇼! 그래서 이재희를 넘겼다고? 너 이재희가 우리 일에 얼마나 개입했는지는 알고?"

얻어맞은 여자는 다름 아닌 이재희의 아내 장지민.

아니, 미치코의 따귀를 날린 남자는 바로 그녀의 아버지였다.

미치코의 아버지 뒤 벽에는 특이한 문양이 새겨진 커다란 천막이 쳐져 있었다.

그 문양으로 미치코의 성이 무엇인지를 바로 알 수 있었다.

망자가 삼도의 강을 건널 때, 뱃삯으로 사용할 돈을 넣는다는 풍습에서 유래된 문장.

바로 6개의 엽전이 3개씩 늘어선 사나다센 문장이었다.

그러므로 장지민의 본명은 사나다 미치코임이 분명했다.

남자의 이름은 사나다 노부시게.

바로 그가 한강을 뒤에서 지배하는 사내였다.

사나다 가문은 유서 깊은 사무라이 가문이긴 해도 일반에 알려진 것은 도쿠가와 가문이나 헤이케 가문 등에 비해 거의 없었다.

다른 가문들이 하나둘씩 시대의 흐름에 따른 정치적 변화로 힘을 잃어 갈 때, 사나다 가문은 다른 길을 선택했다.

은밀하게, 마치 가문이 힘을 잃은 것처럼 위장한 후 암중으로 돈벌이에 나선 것이다.

어찌 보면 그건 탁월한 선택이었을 수도 있다.

일본이 겪은 근대사에서 그 맥을 유지한 가문들은 이제는 이름만 남아 있을 뿐이었으니 말이다.

그리고 그런 생존 형태는 다름 아닌 테라와 엇비슷했다.

언더커버인 것이다.

그렇게 자본을 비축한 사나다 가문은 패전 이후 미국과의 교류에 적극적으로 나섰다.

메이지 이전에 이미 터를 잡아 놓았기에 숟가락만 얹으면 될 일이었다.

그렇게 SEE YOU와 인연을 맺은 사나다 가문은 그동안 SEE YOU의 멤버들이 하지 못할 더러운 일들을 대부분 처리해 왔다.

그렇다고 직접 나서는 일은 거의 없었다.

대부분이 사주를 한 후 흔적을 끊어 버리는 식이었다.

이재희 역시 그런 일로 인해 사나다 가문의 비호를 받았다.

이재희를 사나다 가문에 소개해 준 사람이 바로 SEE YOU의 정식 멤버였기에 거부할 이유도 없었다.

그래서 이재희는 그동안은 사나다 가문의 가장 훌륭한 동아시아의 숨겨진 무기였다.

그런 이재희가 벌인 일이 어디 한둘인가?

그저 살인 정도면 끝내고 잊어버리면 그만이겠지만, 그럴 일이 아니었다.

행여 이재희가 입이라도 열라치면 그 후폭풍은 SEE YOU 전체에 밀어닥칠 것이 자명했다.

그 일을 딸이 벌인 것이다.

"그 조센징 하나를 제대로 감시하라고 보내 놨더니……!"

"오토상!"

"시끄럽다. 넌 꼼짝도 하지 말고 숨죽이고 있어. 내가 그 조센징을 만나 볼 테니."

"…예, 아버지!"

사나다 미치코는 그제야 몸을 일으켜 밖으로 나갔다.

그러고 나자 어둠 속에서 그림자 하나가 나타났다.

"어찌 생각하는가?"

"어쩌면 이재희의 판단이 옳았을 수도 있습니다. 이제 테라에 타격을 주기에는 너무 멀리 왔습니다."

"그렇긴 하지. 그렇다고 넋 놓고 그놈이 모든 걸 다 수중에 넣기만을 기다릴 수는 없지 않은가?"

"문제는 SEE YOU 멤버들의 태도가 아닙니다. 회장님이 어찌 움직이시느냐는 것이죠."

"……."

굵은 목소리에 사나다 노부시게의 눈이 감겼다.

"후지 고오에를 소집하시죠. 이제는 우리도 SEE YOU의 그늘에서 벗어날 때입니다."

"그렇게 되면 전면전이 될 텐데?"

"지금이 적기입니다. 아직 테라가 우리를 파악하지는 못한 상황으로 보입니다."

"그렇긴 하지만……."

"만약에 이진이 이재희를 통해 SEE YOU가 아닌 우리가 제 아비와 샤롯이란 여자를 죽인 것을 알아내면 곧바로 보복에 나설 겁니다."

"이미 알지 않을까?"

"그렇진 않을 겁니다. 지금 테라는 내부 정리 중입니다. 그게 끝나기 전에 움직이시는 것이……."

"흠! 하루도 편할 날이 없군. 좋아. 후지 고오에를 소집하게."

"예, 회장님!"

사나다 노부시게의 말에 그림자는 곧바로 방에서 사라졌다.

후지 고오에.

헤이안 시대 때부터 사무라이 집안들이 뭉쳐 만들어진 조직이다.

일본을 상징하는 후지산을 이름에 넣은 이유다.

고오에(촌락, 마을)라는 단어에서 볼 수 있듯이 처음에는 그다지 큰 규모는 아니었다.

그러나 시간이 흐르면서 패권에서 밀려난 가문들이 은밀하게 하나씩 힘을 보태게 되었다.

비밀 결사다.

가문의 이름조차도 서로 입에 올리지 않았다.

대신 문장으로 서로를 표기했다.

헤이안 시대 이후 전장에서 서로를 구분하기 위해 만들어졌던 가문들의 문장은 몰락 후에는 아주 은밀하게 다시 서로에게 보이기 시작했다.

대나무에 참새는 우에스기 겐신 가문의 문장, 아욱은 도쿠가와 가문의 문장, 오동나무는 도요토미 히데요시 가문의 문장으로 거래가 되었다.

문장으로 가문 간의 거래가 은밀하게 이루어지다 보니 서로를 크게 노출시킬 이유가 없었다.

후지 고오에는 그렇게 은밀하게 재산을 축적하면서 기업을 막후에서 조종하였으며 정치권에 영향력을 행사했다.

후지 고오에가 전체적인 회의를 가진 것은 패전 이후다.

미국에 패한 일본이 어떻게 상황을 극복해 나갈까에 대한 전략적인 논의가 이루어졌다.
정치적인 접근은 뒤로 밀렸다.
대신 경제적인 접근이 이루어졌다.
승전국인 미국의 유수한 가문들과 유럽의 로스차일드의 일은 당시 와버그 가문이 대신하고 있었다.
그러나 그들에게는 종전 후 아시아에서 그들의 영향력을 행사해 줄 가문이 필요했다.
그 일을 한 것이 바로 후지 고오에에 속한 가문이었다.

2014년을 뒤흔든 것은 김연아의 소치 올림픽 은메달도, 6월에 개막한 브라질 월드컵도 아니었다.
바로 세월호 사고가 한국인들의 가슴에 남은 가장 큰 사건이었고, 사고였다.
이진은 한동안 미국에 머물다가 브라질 월드컵 개막식을 아이들과 함께 관람한 후 다시 뉴욕에서 지냈다.
그리고 8월 15일, 한국을 방문한 교황과의 만찬을 통해 입국을 알렸다.
테라는 겉보기에도 그렇고 실제로도 안정을 찾아가고 있었다.

교황에게 인도적 지원의 대폭 강화를 약속한 이진은 곧바로 테라 직접 경영에 착수했다.

가장 먼저 손을 댄 것은 기초 기술의 국산화였다.

박주운이 겪은 미래는 한국에 상당히 불리했다.

그리고 정부는 국민들에게 거짓말만 쫑알거리고 있었다.

2020년 초가 박주운이 경험한 마지막 미래.

그 미래는 현재의 한국인들이 생각하는 것보다 비관적이었다.

당시 6G가 도입된 것도 아니고, 5G 시대에 간신히 안착해 가는 상태였다.

그리고 국민들은 한국의 성장과 발전을 실제보다는 지나치게 높게 규정짓고 있었다.

2015년부터 일본을 완전히 추월할 것이라는 심심치 않은 통계와 뉴스 보도가 매스컴을 통해 흘러나왔다.

그러나 기초과학 분야, 즉 첨단 정밀 산업 분야에서 사실상 한국은 일본보다 한참은 밀린 상태에 있었다.

완성품을 생산하는 것은 일본을 추월했지만, 그 완성품을 만들 수 있게 해 주는 기초 분야에서는 여전히 의존도가 높았다.

그리고 그런 의존도가 국민들이 생각하는 것보다 훨씬 크다는 것은 아주 잘 감추어졌다.

2019년, 일본은 한일 청구권 조약 위반을 명분으로 한국에 수출 제한 조치를 취한다.

이걸 접한 한국인들은 분노했다.

그러나 그 당시 이만식 회장이 일본행 비행기에 곧바로 오른 것만 봐도 사안의 심각함은 바로 알 수 있었다.

그럼에도 위기감은 고작해야 반일 감정이나 부추기는 정도로 축소되고 있었다.

국민들은 한국이 일본에 대항해 무역 전쟁에서 이길 수 있다고 여기는 것 같았다.

그러나 그 여파, 그리고 확장될 보복 조치는 상상 이상으로 버거웠다.

당시 성산이 차지하는 국내 총생산 비율이 자그마치 14퍼센트, 그리고 나머지 반도체 생산 업체의 비중이 4퍼센트 이상.

사실상 국민 총생산의 20퍼센트가 반도체와 이동 통신에 의존하는 형국.

한마디로 반도체와 이동 통신 장비의 제조에 문제가 생기면 자칫 선진국은 고사하고 개발도상국의 지위도 위태로워질 만한 산업 구조였다.

그걸 일본 정부나 재계가 모를 리 없었다.

그래서 불화수소 수출을 차단한 것.

당시 불화수소 차단이 얼마나 심각한지는 매스컴의 오보들로 인해 묻혔다.

그저 국민들의 반일 감정이나 증폭시켜 맥주나 사지 말고 유니클로 옷이나 사 입지 않으면 되는 것처럼 떠들어 댔다.

비션, 그리고 소재 전쟁 • 159

한국인들의 일본 관광이 거의 중단되었다는 뉴스가 나오던 때였다.

그러나 고작 맥주나 유니클로 옷, 혹은 관광을 중단하는 것으로는 일본에 아무런 영향을 줄 수가 없었다.

그런 산업이 일본 전체 산업에 미치는 영향이라는 것은 고작해야 0.01퍼센트 이하에 불과했으니 말이다.

0.01퍼센트 대 20퍼센트.

이게 말이 되는가?

더구나 불화수소 대체란 것도 말도 되지 않는 소리였다.

기초 산업 육성?

그걸 몰라서 지금까지 일본 수준의 불화수소를 생산하지 못했을까?

그걸 답이라고 내놓고 반일 감정만 부추기는 정치인들에게 당시 박주운 역시 신물이 났었다.

그러나 지금은 그렇게 비관적이지 않은 때.

교황과의 면담을 끝낸 이진은 곧바로 테라 전자 임직원들과 기술 책임자들과의 회의에 착수했다.

모두들 갑작스러운 소집에 어안이 벙벙한 표정이었다.

"불화수소에 대해 누가 설명 좀 해 보세요."

"예, 회장님!"

이진이 포문을 열자 새로 임명된 오성일 전자 회장이 기술이사를 지목했다.

"반도체 제조 공정 중 에칭 공정의 재료로 쓰이는 화합물입니다."

"에칭 공정은 뭐예요?"

"예. 회로의 패턴 중 필요한 부분만 남기고 불필요한 부분은 깎아 내는 공정과 불순물 제거 과정을 말합니다. 한데 그건 어찌……."

연이은 원론적인 질문에 기술이사가 의문을 표했다.

이진이 다시 물었다.

"불화수소는 어디서 주로 들여와요?"

"예. 저희 전자의 불화수소 수입은 성산 때부터 스텔라 케미파에서 대부분 수입하고 있습니다. 현재 안정적으로 공급이 되고 있습니다만……."

다시 의문을 표하는 기술이사.

그러나 이진은 계속 질문을 했다.

"그쪽과 기술 이전은 협의해 봤어요?"

"예. 솔브레인이라는 회사가 현재 스텔라 케미파와 합작 회사를 설립하고 운영 중인 것으로……."

이진이 손을 들어 막았다.

그러자 대기하고 있던 오민영이 마이크에 입을 댄 채 문서 하나를 읽어 나갔다.

"현재 한국 솔브레인의 주식 분포는 스텔라 케미파가 39퍼센트로 대주주의 지위에 있습니다. 그리고 솔브레인의 불화수소 기술력은 기대 이하로, 현재 완제품 자체의 공급은 스텔라 케미파가 없으면 불가능한 실정입니다."

"이거 들었죠? 당장 스텔라 케미파가 80퍼센트 이상을 공급하는 불화수소 공급이 중단되면 어떻게 되겠어요?"

"…그건 있을 수 없는……."

기술이사가 답변을 하다가 이진의 사나운 눈빛을 마주한 후 입을 닫았다.

오성일 새 전자 회장이 답변을 했다.

"재고가 소진되면 곧 생산 중단의 위기를 맞게 됩니다."

"맞아요. 그게 문제예요."

"그것뿐만이 아닙니다. 가장 큰 문제는 희토류에 있습니다."

"설명을 들어 보죠."

오성일 전자 회장이 추가 설명에 나섰다.

핵심은 희토류다.

희토류(稀土類:Rare Earth Elements)는 원소 기호 57번부터 71번까지의 란타넘(란탄)계 원소 15개와 21번인 스칸듐(Sc), 그리고 39번인 이트륨(Y) 등 총 17개 원소를 총칭한다.

문제는 이 희토류의 매장량이 많지 않음에도 불구하고 그 사용량은 계속 늘어난다는 것이었다.

첨단 산업에 골고루 희토류 자원이 쓰인다.

드러난 것보다 심각하게 희토류 전쟁은 이미 진행 중이었다.

"대표적인 사례는 2010년 9월에 있었던 일입니다."

"어떤 일입니까?"

"그때 중국과 일본이 동중국해에서 영유권 때문에 첨예하게 대립한 적이 있습니다."

"결과는요?"

"일본이 억류했던 중국인 선원들을 즉시 석방했습니다."

"왜요?"

"후진타오가 희토류 수출을 전면 중단하겠다고 위협했기 때문입니다."

모두 그제야 무슨 말을 하는지 주목하는 것 같았다.

"일본이 왜 독도를 자꾸 자기네 땅이라고 우겨요? 조선 중기에만 해도 그런 말은 없었잖아요?"

이진은 얼토당토않은 비유까지 동원했다.

그러나 오성일 회장은 찰떡같이 알아들었다.

"그건… 독도 주변 해저에 희토류 매장량이 상당하기 때문입니다. 그래서 해방 이후 더 독도에 집착한다고 보면 될 것 같습니다."

"맞아요. 그냥 기 싸움이나 하자고 독도 영유권을 해마다 주장하면서 강화시키는 게 아니에요. 이익이 달렸기 때문이에요."

"하지만 사실상 해저 희토류의 개발은 아직……."

개발은 못한다.

그게 바로 인식의 문제였다.

당장은 못해도 확보하고 나면 언젠가는 그걸 꺼낼 방법

을 발견하게 된다.

대표적인 사례가 바로 셰일 가스다.

사실상 셰일 가스가 있음을 알면서도 미국은 중동에 수없는 파병을 되풀이해 왔다.

당장은 중동에서 원유를 추가로 얻고 셰일 가스를 파낼 기술을 개발했던 것이다.

그게 오바마 정부에 와서 꽃을 피웠고 말이다.

몰락할 것처럼 보이던 미국의 자본주의는 셰일 가스 개발로 활로를 열었다.

희토류 역시 마찬가지다.

대부분의 해저 희토류는 수심 6,000미터 아래에 매장되어 있다.

당장은 그저 탐사하는 수준이다.

그러나 시간이 지나도 탐사만 할까?

언젠가는 그것을 파낼 장비나 기술이 개발될 것이고, 그러면 로또 당첨을 맞게 될 것이다.

그게 일본인들의 강점이라면 강점인 것이다.

한데 한국 정부는 어떤가?

말로만 기초과학, 첨단과학, 미래과학, 창조과학…….

떠들어 대기는 엄청나게 떠들어 대는데, 당장 밥벌이에만 바쁘다.

그렇다 보니 일이 닥치면 그저 감정에 호소하거나 국제

여론전이니 하면서 입만 살아 나불대는 것 외에는 할 수 있는 일이 없는 것이다.

이진은 지금 그 문제를 정확히 지적하고 있었다.

"개발할 날이 오면 독도 영유권은 더 중요해지겠죠? 만약 먼저 개발해서 파내면 중국에 현재 대부분 의존하고 있는 희토류 수입 또한 위협이 되지 않을 테고요."

"그렇습니다. 회장님! 원대하면서도 장기적인 안목이자 지적이십니다."

흠.

뭐, 그 정도까지는 아니고.

이 문제를 왜 거론하느냐는 것이 핵심이었다.

"내가 하시모토 아키를 만나 수입량을 확대할 겁니다. 그러는 사이 우리는 첨단 기초 재료 사업에 막대한 돈을 투자할 겁니다. 얼마가 되었든 상관하지 말고 연구 개발비에 투자하세요. 대체해야 할 필요성이 있는 모든 재료에 대한 개발에 착수하세요."

"예, 회장님!"

이진의 의도는 바로 이것이었다.

일단 먼저 의존도가 높은 재료를 직접 생산하는 것이다.

그렇게 의존도를 줄여 나가면 언젠가 더 높은 기술력을 보유한 제품이 생산될 것.

이런 일은 사실상 정치권에서 장기적인 안목을 가지고

진행해야 할 일들이다.

그러나 한국의 정치권은 국민의 미래에 대해 별 관심이 없는 것 같았다.

정권이 바뀔 때마다 필요한 사업임에도 전임 정권의 흔적을 지우려 막대한 사업비가 든 일들을 그냥 폐기하다시피 해 버린다.

그게 누구 돈이겠는가?

바로 국민들의 세금일 것.

이진은 지금 국가가 해야 할 일을 직접 하려는 것이었다.

전자 회의가 끝이 나자 곧바로 이번에는 유통 회의가 열렸다.

유통 회의에서는 신설 법인의 설립 문제가 집중 논의되었다.

문제는 식량이었다.

식량 역시 기초 분야가 중요하다.

식량에 있어서 기초 분야란 종자.

현재 그 중요한 종자의 대부분은 몬산토라는 거대 기업이 보유하고 있는 실정이었다.

심지어 아프리카에서 자기 땅에 원래 있던 작물을 재배하는데도 종자에 대한 사용료를 지불하는 실정.

처음 듣는 사람들은 이게 무슨 개뼈다귀 뜯어 먹는 소리냐고 하겠지만 사실이 그랬다.

그리고 그 몬산토는 바이엘이 보유한 회사였고, 바이엘은 SEE YOU의 막후 지배를 받는 대표적 기업이었다.

이 문제에 이진이 보다 직접적으로 접근하기로 한 것은 이재희의 범죄에 대한 증거를 보유하면서부터였다.

전 과장은 이재희의 범죄 중 상당수가 바이엘 연구소에서 제공한 임상 실험용 독극물로 이루어졌을 가능성이 높다는 추정을 했다.

왜냐하면 현존하는 독극물 검사로 검출이 안 된 경우가 대부분이기 때문이었다.

어쩌면 이만식 회장도 그런 임상 실험용 약물에 의해 저 세상으로 갔을지도 모를 일.

그냥 내버려 두면 언제 다시 그런 약물이 무기가 되어 테라를 칠지 모를 일이었다.

이진은 먼저 종자 국산화 및 종자에 대한 권리를 사들이거나 혹은 개발하는 데 유통에 별도의 식품 회사를 설립할 것을 주문했다.

회사에 제대로 된 통제가 이루어지면서 사업의 진행 속도도 빨라졌다.

이진은 9월이 되자 곧바로 일본의 오사카의 주오구를 찾았다.

그곳에 현재 테라 전자에 고순도 불화수소를 공급하는 스텔라 케미파의 본사가 있었다.

아무리 스텔라 케미파가 중요한 재료를 독점 공급하고 있다고 해도 테라 회장이 일개 재료 공급 회사를 찾는 것은 이례적인 일이었다.

또 금융 위기 이후 단 한 번도 일본을 찾은 적이 없는 이진의 방문에 일본 정재계는 뒤집어질 정도로 흥분했다.

그러면서 애써 이진이 한국인이 아닌 미국인임을 우익 매체들을 주축으로 연일 보도하기 시작했다.

사실 이진과 아베의 첫 만남은 그다지 순탄하지는 않았었다.

이진은 아베에게 거의 협박을 했었고, 아베는 울며 겨자 먹기로 그걸 들어줘야 했다.

이진이 보기에 아베는 보통 특이한 인물이 아니었다.

이진이 박주운으로 산 마지막에도 아베는 일본의 총리였다.

일반적인 한국인들은 아베의 정치적인 영향력이나 혹은 국제 사회에 대한 영향력을 2015년 이후 끊임없이 폄하해 왔다.

그럼에도 불구하고 아베는 정권을 놓치지 않고 유지했다.

얼핏 보면 좀 모자라 보이는 인상에다가 다른 나라의 지도자들에 비해 부족해 보이는 것 같은 이미지.

그런데도 아베는 여러 개인적인 의혹들을 뚫고도, 대재앙이나 다름없었던 지진해일을 겪고도 여전히 건재했던 것이다.

이전 박주운으로서의 아베에 대한 평가는 별반 다르지 않았다.

그러나 지금 이진은 그런 아베에 대한 평가를 조금은 달리해야 했다.

이진이 스텔라 케미파 본사 앞에 도착하자 하시모토 아키를 비롯한 임직원들이 밖으로 나와 도열하고 있었다.

차에서 내리기 전에 이진이 한마디 했다.

"놀고 있네."

"왜요?"

동행한 메리 앤이 의아해하며 묻는다.

이진은 환영 인파가 든 깃발을 가리켰다.

"아! 그러고 보니……."

태극기는 없고 일장기와 성조기만 나부끼고 있었다.

이진과 메리 앤이 차에서 내렸다.

하시모토 아키가 다가와 영어로 인사를 건넸다.

"웰컴, 미스터 리!"

"반가워요."

이진이 느닷없이 한국말로 대꾸를 했다.

그러자 메리 앤이 나섰다.

"우리 회장님이 한국분이라……. 환영해 주셔서 감사드려요."

인사는 약간 불편한 분위기에서 그렇게 간략하게 끝이 났다.

스텔라 케미파 사장실로 안내된 이진이 곧바로 포문을 열었다.

"한국에 기술 이전을 조건으로 에칭 가스 회사를 설립하셨죠?"

"예. 그렇습니다."

"거기 대주주이시고······."

"예."

하시모토 아키는 이진이 보기에 전형적인 일본 여자였다.

유럽에서 교육을 받고 한동안 생활을 했음에도 불구하고 마치 영화에서 기모노 입고 나온 여자처럼 대답을 했다.

"그런데 아직까지 기술 이전은 별로 없고 여전히 우리 전자에 에칭 가스를 거의 독점으로 공급하고 계시네요."

"그렇습니다. 테라가 에칭 가스를 우리 스텔라 케미파에서 공급받는 것은 순도 문제입니다. 아직까지 우리 일본 제품만 한 순도를 가진 에칭 가스는 어디에도 없지요."

"그렇군요. 그럼 고순도 에칭 가스, 그리고 포토레지스트, 플루오린 폴리이미드 수출을 일본에서 중단하면 테라는 어떻게 됩니까?"

"그럴 리가요? 테라는 엄연한 미국 기업인데 정부에서 그런 결정을 할 리가 있겠습니까?"

"그럼 미국 기업이 아니고 한국 기업이면 그렇게 할 수도 있단 이야기인데?"

"회장님! 그 말씀은······."

갑작스러운 이진의 말에 하시모토 아키가 의문을 표했다.

"일본 정부에서 규제를 하면요?"

이진은 의미심장하게 물었다.

현재 상황을 파악하려는 것이었다.

사실상 2019년에 일어난 일본의 수출 제한 조치와 화이트 리스트 제외 조치는 한국에 크나큰 타격이었다.

그런 부당한 조치에 한국 정부가 대처할 수 있는 방법은 별로 없었다.

〈WTO 제소와 함께 양자, 다자 차원에서의 통상 대응을 강력하게 전개.〉

〈조기 물량 확보, 대체 수입처 발굴, 핵심 부품, 소재, 장비 기술 개발 등을 위해서도 범부처의 가용 수단을 총동원.〉

〈상응하는 물품의 가군 제외 조치.〉

여기서 가군은 일본의 화이트 리스트와 같은 맥락이다.

이 세 가지가 전부였다.

하나 덧붙인다면 아마 한일 군사 정보 보호 협정일 것이다.

이진이 볼 때 이런 대처는 불리해도 한참 불리한 조치였다.

그 말은 으르렁대는 정부 대변인의 발표와는 달리 전적으로 일본에 불리한 싸움이란 뜻.

0.001퍼센트 대 20퍼센트 오버의 싸움이 시작이고, 한국

이 타격을 입으면 일본 기업들에게 수혜가 돌아가는 품목이 대부분이기 때문이다.

그리고 만약 일본에 한국이 항복 선언을 하지 않는다면 그 고통의 몫은 모두 국민들에게 돌아가게 된다.

정부가 하는 일이 국민의 고통을 덜어 주기 위한 대처 방안을 찾는 것이 아니라……

애국심에 호소하여 그 애국심으로 고통을 감내하라고 부추기는 꼬락서니였다.

사실 할 수 있는 일도 없었다.

화이트 리스트 제외라는 것은 통관 절차를 강화한다는 내용이 핵심이다.

그 얘기는 언제든 일본 정부가 특정 수출품을 민감 품목으로 지정해 통관을 불허할 수 있다는 뜻이기도 했다.

그때 성산도, 그리고 정부도 할 수 있는 일이 별로 없었다.

그러나 지금의 이진은 전혀 달랐다.

언제든 일본이 휘청거릴 정도의 타격을 줄 수 있었다.

이진이 일본까지 직접 와 스텔라 케미파를 찾은 것은 일종의 상징적인 의미였다.

후지 고오에는 이미 장지민, 아니 미치코를 통해 이진이 이재희의 배후에 그들이 있음을 알아냈다고 여길 것이 분명했다.

그럼 후지 고오에가 어떻게 움직일까?

사실상 테라를 제외하면 한국은 무장 해제 상태나 다름

없었다.

분명 정치권을 통해 압력을 행사할 가능성이 높았다.

그렇게 아베를 등에 업은 후, 테라의 지나친 독주를 견제할 방법을 서둘러 찾아야 할 필요를 느끼고 있을 것.

이진은 선수를 치려는 것이었다.

물론 에칭 가스를 수입하지 않는다고 해서 일본이 타격을 입지는 않는다.

그래도 이진은 그걸 강행했다.

"그럴 리가 있겠습니까? 지나친 기우이십니다, 회장님!"

하시모토 아키가 애써 웃으며 이진의 질문에 대답했다.

그러자 이진이 본론을 꺼냈다.

"오늘부터 6개월 동안 일본 내에서 수입하는 에칭 가스 수입을 중단하겠습니다."

"예? 그게 무슨……."

이진의 발언은 하시모토 아키에게는 폭탄선언이나 다름없었다.

동석한 테라 전자 부회장 한기철이 나섰다.

"회장님, 그렇게 되면……."

이진이 한기철 부회장을 노려봤다.

그러나 곧 표정을 풀며 말했다.

"대신 그 물량만큼 비례해서 일본에 공급되는 6G 칩 수출을 중단하세요."

"회장님! 갑자기 왜 이러시는지……."

하시모토 아키는 이진의 말에 펄쩍 뛰었다.

심지어 이상할 정도였다.

고작해야 스텔라 케미파가 한국에 수출하는 불화수소 물량이래 봐야 전체 산업에서의 비중은 상당히 낮다.

물론 개별 기업의 부담은 있을 것이다.

그런데 자기 회사의 수출길이 막혔다는 소리보다 6G 수출제한을 하겠다는 발언에 더 광분하는 것이다.

"아무튼 우리 테라가 이번에 여러 가지로 정리 상황에 들어가 있어요. 내용은 아실 테고……."

"예. 근래에 회장단을 비롯한 인적 쇄신이 있었다고……."

"그래서 이번 기회에 여러 가지를 고려해 6G 장비나 칩 생산 테스트를 진행하려고 해요. 당장 물량이 줄겠죠?"

"…예. 그럼 다른 나라들에도 수출 제한을 하시는 것인지……."

"아니요. 일본에만요."

"……?"

이진의 말에 하시모토 아키는 의아한 표정을 짓는다.

왜 일본에만 수출을 제한하겠다는 것이냐고 묻는 것이다.

그러자 이진이 자리에서 일어났다.

메리 앤이 하시모토 아키의 어깨를 살짝 두드리며 대신 대답을 해 줬다.

"우리 이이가 한국 사람이잖아요. 아까 들어올 때 태극기가 없어서 화가 나셨나 봐요."

"아, 예. 예?"

하시모토 아키는 이게 무슨 말인가 싶어 메리 앤의 영어를 되짚어야 했다.

그러는 사이 이진은 이미 밖으로 나가고 있었다.

다음 날, 이진은 도쿄에 머물며 한상 모임에 직접 참석을 했다.

그러는 사이 일본 총리실 내각 조사실은 뒤집어졌다.

당장 테라가 당분간 6G 관련 품목 일체의 수출을 중단한다고 발표한 것이다.

그것도 일본만 콕 집어서 말이다.

그 말이 처음 나온 것은 스텔라 케미파, 그것도 어제 일이었다.

그런데 그런 테라 회장의 발표가 다음 날 아침 선적에서부터 적용되고 있었다.

이미 첨단 통신 기술 분야에서 한참이나 뒤떨어진 일본으로서는 그것은 재앙이나 다름없었다.

이러다가 일본보다 늦게 구박을 받다가 6G 도입 허가를 받은 중국에도 뒤처질 위기가 온 것이다.

내각 조사실장이 곧바로 총리에게 보고를 하지 않을 수

없었다.

"칙쇼! 그놈, 지난번에서부터 마음에 안 들었어. 이봐요, 실장!"

"예, 총리대신님!"

"이거 그냥 당해야 하는 거예요?"

"그게… 현재로서는 특별한 대응 방안이 없습니다."

"다른 나라에서는요?"

"타 국가들도 마찬가지입니다. 에티오피아가 생산 기점인데, 거기서 수입을 하는 유럽이나 중동의 경우 물품을 테라의 허가 없이 우리에게 되팔 가능성은 없습니다."

"대체 기술이 얼마나 뒤떨어진 거예요?"

"대략 10년 내외일 것으로 추정됩니다."

아베 신조 내각 총리대신이 이마를 짚었다.

"우리가 한국에 타격을 줄 수 있잖아요?"

"물론입니다. 다른 기초 재료 분야에서부터 정밀 기계 분야라면 충분히 타격을 줄 수 있습니다. 한데……."

"한데 왜요?"

"테라의 이진이 정확히 한국인인지 미국인인지가 불투명한 상황이라……."

"우리가 테라를 빌미로 한국에 보복을 하면 오바마가 나선다?"

"아마 그럴 겁니다. 게다가 사실상 지금 상황에서는 딱히 보복할 수 있는 것이 없습니다. 불화수소만 해도 테라가 자청해서 스텔라 케미파에 6개월간 수입 차단을 선언했으니까요."

"그 자식은 무슨 배짱으로? 그럼 반도체 공정이 제대로 돌아갈 리가 없는데?"

"돈이 있지 않습니까? 현재 본국 내에서도 테라 페이의 유통량이 무려 20퍼센트에 육박하고 있습니다. 테라에서 페이 유통을 막으면 큰 혼란이 벌어질 수도 있고요."

아베는 머리가 아팠다.

늘 염두에 두고 있던 계획을 실현해 보기도 전에 먼저 뒤통수를 후려 맞은 기분이었다.

그러나 현재로서는 어떤 다른 대응 방안이 없었다.

테라의 이진에게 무엇을 원하느냐를 물어보는 수밖에.

그리고 그걸 과연 맞출 수 있는지를 확인해야 했다.

"테라에 우리 일본인이 있지 않습니까. 전에 만났었는데……."

"와타나베 다카기입니다. 내각 조사실 출신이고, 주로 우리에게 테라 쪽 정보를 제공해 주고 있습니다."

"전에는 그다지 성과가 없었지요?"

"예. 워낙 테라에 종사한 지 오래된 가문 출신이라……."

"그래도 한번 시도해 봅시다. 조센징보다는 나을 것 아니요?"

"예. 그럼 자리를 마련해 보겠습니다."

이진이 일본에서 연설을 하면서 다시 폭탄발언을 쏟아냈다.

주된 내용은 일본이 테라에 타격을 주면 어쩔 수 없이 테라의 미래 산업에서 일본을 배제할 수밖에 없을 것이라는 엄포였다.

그런 이진이 귀국을 하자마자, 일본 내각 조사실 한국 담당 부서장인 다나카 겐키가 도쿄 시내 호텔에서 와타나베 다카기와 마주 앉았다.

서로 아는 사이인 데다가 오래전에는 함께 근무한 적도 있었다.

그리고 호형호제하는 사이이기도 했고, 서로 정보를 공유하면서 이익을 도모하는 사이이기도 했다.

"겐키 형! 오부치 나가토가 보냈지?"

"잘 아네. 어제 실장이랑 총리랑 면담이 있었던 모양이야."

"우리 테라 때문에?"

"맞아. 너희 회장 말이야. 갑자기 왜 그러는 거야?"

다나카 겐키의 질문에 와타나베 다카기는 그냥 피식 웃고 말았다.

회장이 왜 그러느냐니?

회장은 원래 그런 사람이었다.

물론 한동안은 좀 온화해졌다 싶은 적도 있다.

일을 두루뭉술하게 처리하는가 하면 지나치게 관대하다는 느낌을 받기도 했다.

와타나베 다카기가 20살 이전에 본 이진과는 완전 딴판이었다.

"뭐가?"

"갑자기 통신 칩 수출을 중단하라니? 일본 사람들은 스마트폰 쓰지 말란 이야기야?"

"그럴 리가……. 3G도 있고 4G도 있잖아."

와타나베 다카기의 말은 가히 걸작이었다.

3G나 4G를 쓰라니?

모르는 사람이 들었으면 희롱한다고 여길 만한 말.

그러나 오랫동안 알고 지낸 다나카 겐키는 그게 무슨 말뜻인지 알 수 있었다.

"그럼 작정을 했단 이야기네?"

"맞아."

"왜? 왜 하필 일본이야? 이진 회장이 한국인이라서 오래된 반일 감정이라도 있는 거야?"

다나카 겐키는 따지듯 물었다.

그러자 와타나베 다카기가 웃으며 되물었다.

"형은 국가가 먼저야, 아니면 개인이 먼저야?"

"닭이 먼저냐, 알이 먼저냐 묻는 거야?"

"아니. 우린 국가가 먼저라고 배우고 자랐잖아. 국가가 없으면 개인도 없다는 식으로 말이야. 근데 그게 한국도 그래."

"당연하겠지. 역사가 그걸 가르쳐 준 것이니까."

"역사가 과연 그걸 가르쳐 준 것일까?"
"아니면? 지금 근데 그런 말이 왜 나와?"
다나카 겐키가 어이없어한다.
그러자 와타나베 다카기가 입을 열었다.
"우리 테라 사람들은 말이야. 국가가 먼저냐 아니면 개인이 먼저냐고 물으면 테라가 먼저라고 말해."
"그건 좀 오버 아닌가?"
"오버? 그럼 국가는 왜 먼저여야 하는데?"
계속되는 이야기에 다나카 겐키가 살짝 의구심을 표하더니 눈빛을 반짝였다.
"아하… 그럼 그 이야기는… 이진 회장이 개인적인 문제 때문에 우리 일본을 건드리는 거란 뜻인가?"
"참 나! 개인이 아니라 테라… 후지 고오에가 하필 테라를 건드렸네."
"하아……."
다나카 겐키의 입에서 한숨이 흘러나왔다.
후지 고오에.
현 우익 정권과 자민당을 떠받드는 비밀 결사.
미국의 정치권과 재계에도 막강한 영향력을 행사하는 그 후지 고오에와 이진의 싸움에 일본이란 나라가 낀 것이었다.
"눈치챘네. 그럼 일본 정부는 어느 편에 설래?"
"……."

와타나베 다카기의 질문에 다나카 겐키는 막상 대답을 할 수 없었다.

그러자 와타나베 다카기가 중얼거렸다.

"나 같으면 무조건 우리 회장님 편에 선다. 그럼 죽더라도 끝까지 남은 가족을 돌봐 주거든. 그게 우리 테라야."

이진이 한국에 돌아온 후 며칠 동안 테라의 6G 칩 대일 수출 금지 조치는 실시간 검색 순위 1위를 장식했다.

여기저기서 우려의 목소리가 쏟아졌다.

참 아이러니한 일이었다.

2019년에 벌어질 일이 반대로 벌어지고 있는 것이었다.

그때는 일본의 아베 정부가 먼저 칼을 빼 들었다면 지금은 반대, 그러나 한국 정부가 아닌 테라가 비수를 들이댄 것이다.

곧 일본 정부의 항의가 한국 외교부에 정식 접수되었다.

주일 대사가 일본 외무성으로 초치되어 경고를 받았다.

테라는 제외한 채 그 대신 한국 정부를 상대로 일본이 압력을 가하기 시작한 것이었다.

정치권에서 곧 갑론을박이 이어졌다.

여당은 북한의 위협 속에서 일본과의 관계가 나빠지는 것을 우려하는 목소리가 나왔다.

야당에서는 일본에 경제적 압박을 가하는 것은 국민적 감정에 호응하는 일이지만, 정도를 거쳐야 한다는 논평을 냈다.

이진이 보기에는 둘 다 막상막하였다.

그저 정치적 이익을 위해 자신들만의 논리가 민족과 국가를 위하는 일이라고 주장하는 정치인들.

그것도 늘 국민의 희생을 담보로 자기들의 목표를 이루려 한다.

국민의 고통은 안중에도 없다.

입국 후 열흘 만에 청와대에서 연락이 왔다.

이번 정부 들어서 공식적인 초청을 받은 일이 있긴 했지만 대통령이 직접 나서 이진을 만나자고 제의한 것은 처음이었다.

대부분의 공식 초청은 이진이 거부했었다.

아마도 이른바 실세라는 최서원의 입김이 작용한 것이 분명했다.

그러나 이번에 이진은 청와대의 면담 요청에 응했다.

잠시 성북동으로 장소를 제의할까 고민하던 이진은 청와대에 가 주기로 했다.

그래도 대통령이지 않은가?

수행은 오민영만 했다.

대통령 내외였다면 메리 앤도 동행했을 것이지만 솔로이니 그럴 필요가 없었다.

비공식 면담인 만큼 알려지지 않아 청와대는 조용했다.

장소는 상춘재였다.

안내를 받아 이진이 들어가자 4명의 모습이 보였다.

대통령과 최서원, 그리고 황상진 국회 법사위원장과 경제수석.

이진은 상춘재에 들어서자마자 곧바로 기분이 나빴다.

아무 관련도 없는 최서원과 황상진 의원이 배석했기 때문이었다.

"어서 오세요. 벌써 마련했어야 할 자리인데……."

"늘 뵙기를 기대하고 있었습니다."

"듣던 대로, TV에서 보던 대로 미남이시네요."

"감사합니다."

대통령과 의례적인 인사가 오갔다.

그러자 황상진 의원이 입을 연다.

"오늘 자리는 비공식적으로 가시죠. 우리 비서님은 이만 좀……."

오민영에게 나가라는 말.

그러나 오민영은 꿈쩍도 하지 않고 이진을 바라본다.

이진이 웃으며 입을 열었다.

"저만 남으면 4 대 1인데 제가 좀 불리하지 않을까요? 하하하! 제가 우리 오 비서님이 없으면 답변도 제대로 못할 겁니다."

"……."

이진의 말에 황상진 의원의 표정이 굳어진다.

결국 오민영은 이진의 바로 뒤 별도의 의자에 앉았다.
"영철이는 잘 지내나요?"
"흠! 아들자식까지 걱정해 주시니 감사합니다. 이 회장! 기왕이면 테라에 자리라도 하나 마련해 주신다면 저야 좋지요."
"하하하! 제가 청와대에서 취업 청탁을 받게 될 줄은 몰랐습니다. 농담입니다."

분위기는 삽시간에 싸늘해졌다.

대통령도 말이 없었다.

대한민국 최초의 여자 대통령은 이진이 보기에 강인한 여자였다.

보통 생각하기에 공주로 태어나 공주로 살다가 여왕이 된 것으로 보기 쉽다.

하지만 부모를 둘 다 총탄에 잃는 경우는 아주 드물다.

그렇게 현대사의 굴곡을 두 눈으로 목격하고 체험한 사람이 바로 현직 대통령이었다.

그런 면에서 본다면 최서원은 아이러니가 아닐 수 없었다.

대체 왜 대통령은 최서원에게 그렇게 의존을 해야 했을까?

그것은 아마 충격적인 사건들을 겪으며, 정신적인 면이 최서원의 아버지 최태민에 의해 그루밍되었을 가능성이 컸다.

최태민은 일제강점기 순사 출신이다. 아버지인 최윤성이 독립운동가였으니 호부에 견자가 아닐 수 없다.

아무튼 순사질을 했던 최태민은 나중에 영세합일교란

사이비 종교를 만든다.

이진이 보기에 이게 핵심이었다.

부모를 비참하게 잃은 여자 대통령의 경우, 이때부터 영혼 합일법이란 최태민의 교리에 빠져들었을 가능성이 있었다.

또 다른 가능성은 '나무자비조화불'이란 주문을 외우며 원을 집중적으로 응시하도록 만드는 최태민의 최면술.

정신적인 충격을 겪은 사람일수록 더 빠져들기 쉬운 사술이나 마찬가지.

어쩌면 대통령은 어머니를 어린 나이에 잃고, 영부인의 자리를 대신하면서 최태민의 사이한 술수에 빠져들었을 가능성이 높았다.

그리고 아버지마저 잃은 후 청와대에서 쫓겨나자 더 의존했을 확률이 컸다.

그 최태민의 자리는 최서원에게 넘어갔고 말이다.

"오늘 이 자리는 테라의 일본 수출 제한 조치에 대해 의논을 좀 하기 위해서입니다."

경제수석이 먼저 오늘 미팅에 대한 설명에 나섰다.

그러자 곧바로 이진이 입을 열었다.

"최서원 씨라고 하셨죠? 제가 알기로는 그 문제를 논하려면 이 자리에 계셔서는 안 될 분인 것 같습니다만."

이진의 말은 대단한 결례였다.

그러나 원칙에는 부합했다.

대통령의 표정에도 불쾌감이 스치고 지나가니 최서원이야 말할 필요가 없었다.

"이 회장! 그건 청와대에서 정할 일로 대통령님께서 도움이 될 만하다고 여기셔서 배석을 시키신 것입니다."

"정 그러시다면……. 제가 대답할 수 있는 범위에 제한이 있을 겁니다."

"그 말씀은?"

황상진 의원의 말에 이진 대신 오민영이 대답을 했다.

"회장님께서는 사내에서도 그렇지만 다른 경우에도 직책이 없는 분 앞에서 비밀로 처리되어야 하는 발언을 하시지는 않습니다."

다들 언짢은 표정이 역력했다.

한낱 비서가 여기가 어디라고?

그러나 이진은 오민영의 말에 힘을 실었다.

고개를 끄덕인 것이다.

그리고 더 이상 입을 열지 않았다.

그러자 최서원이 어쩔 수 없다는 표정으로 자리에서 일어났다.

"제가 방해가 된다니 나가 드리지요."

이진은 그 말에 아무런 반응도 하지 않았다.

대통령을 제외한 다른 사람들이 자리에서 일어났지만 이진과 오민영은 일어나지 않았다.

최서원이 나가고 나서도 다들 불편한 기색이었다.

다시 입을 연 것은 황상진 의원이었다.

"일본 정계에서도 이번 조치에 대해 상당히 불쾌해하고 있습니다."

"일본 정계에서 불쾌해한다면 제가 일 하나는 잘했네요. 전 필요에 따라 할 일을 했습니다."

"할 일이라고 말씀하시니 뭐 그렇겠지만, 그렇다고 갑자기 아무런 언질도 없이 일본에 칩 공급을 중단하는 것은······."

"그렇습니다. 일본 쪽에서 강하게 반응하고 있습니다. 이 상황이 지속되면 다른 분야에서 우리에게 보복을 할 가능성이 있습니다."

경제수석이 황상진 의원을 거들고 나섰다.

그러자 대통령이 입을 열었다.

"이 회장께서 그렇게 하시는 특별한 이유라도 있으신지요?"

"회장님께서는······."

오민영이 달달 외운 모범 답안을 내놓으려고 할 때, 이진이 손을 들어 막았다.

오민영은 황급히 입을 다물었다.

그리고 이진의 입에서 걸작이 나왔다.

"아베 그 자식, 싸가지가 없더라고요."

"예?"

"크흠!"

경제수석은 되묻고, 황상진 의원은 마치 들어서는 안 될 말을 들은 것처럼 딴청을 부린다.

그리고 대통령은 웃었다.

그 순간, 이진은 갈등해야 했다.

'최서원만 없다면? 이 대통령이 딴 길을 갈 수 있지 않을까?'

얼마나 영예로운 자리인가?

여성으로서, 최초로 대한민국의 대통령이 되었다.

지혜롭게 선정을 펼치면 역사의 한 페이지에 길이 남을 수 있다.

물론 그게 중요한 것일지는 몰라도 말이다.

그런데 역사에 남긴 남게 되는데, 치욕의 상징으로 남게 된다.

이진은 그게 문득 안타까웠다.

그러나 이진은 고개를 저어야 했다.

관여할 일이 아니었다.

다들 말이 없자 이진이 본론으로 들어갔다.

"저도 한국 사람입니다. 일본에 대한 의존도가 지나쳐요. 당장 우리 테라만 해도 그렇죠."

"그 말씀은?"

"불화수소뿐만이 아니지요. 당장 우리 전자만 해도 배터리 파우치를 일본 DNP와 쇼와덴코에서 대부분 수입합니다."

"아……."

경제수석이란 자식이?

이진은 반응에 짜증이 피어올랐다.

"그뿐이 아닙니다. 연료 전지, 탄소 섬유와 전해질막도 거의 일본산을 씁니다."

"하지만 그런 것은 대체가 가능하지 않습니까?"

"대체가 불가능합니다. 일단 품질부터 다르거든요. 만약 일본이 소재 수출을 늦추거나 중단하면 우리 테라는 막대한 피해를 입을 겁니다. 그럼 국가 경제에도 타격이 될 것이고요."

어디 한국뿐이겠는가?

전 세계 경제가 파탄에 빠질 것이다.

"하지만 그건 어디까지나 가능성이 희박한 일 아닙니까? 안보가 엄중한 상황에서 일본과의 관계가 악화되면……."

황상진 의원이 안보 문제를 꺼냈다.

이진은 딴소리를 했다.

"그 혹시나가 역시나가 될까 봐 미리 손 좀 봐 주는 거죠. 힘이 있을 때 그 힘을 보여 주고 함부로 행동하지 못하도록 하려는 겁니다."

이진의 말에 다들 혀를 내둘렀다.

그러나 그렇다고 찬성하는 분위기는 아니었다.

"이 회장의 뜻은 잘 알겠습니다. 나도 일본이 정말 싫어요. 하지만 그렇다고 이런 식으로 막무가내로……."

"의원님! 우리 회장님께 막무가내라고 말씀하시는 것은……."

오민영이 발끈하자 황상진 의원도 발끈한 채 노려봤다.
딱 고만한 놈.
혹시 이놈, 후지 고오에 아닐까?
이진은 살짝 의심이 들기 시작했다.
한일 의원 연합인가의 회장 자리도 황상진 의원이 맡고 있었다.
그리고 가만히 생각해 보니 이 자리를 주도한 것도 황상진 의원이 분명했다.
대통령이 이 자리를 만들지는 않았을 것이다.
만약 그랬다면 법사위원장을 데려와 앉힐 이유는 없었다.
산자부나 정통부 장관, 혹은 외통위원장이어야 한다.
그런데 법사위원장인 황상진이 배석했다.
이 자식이 주빈인가?
"아무튼 제가 여기서 대통령님께 말씀드릴 수 있는 것은 어떤 경우에도 우리 국민들에게는 피해가 가지 않을 것이란 것입니다."
"어떻게요?"
"일본이 만약 보복을 가할 경우 저는 피해가 예상되는 산업 분야에 무상 자금 지원을 하겠습니다."
"그런 천문학적인 돈을 정말……?"
이진의 말에 경제수석은 놀라는 눈치였다.
이진이 보기에 나라 경제를 설계하고 관리 감독할 만한

인재는 아니었다.

통이 작다.

결국 대통령이 마침표를 찍었다.

"이 회장님이 그리 말씀하시니 미리 나설 것이 아니라 지켜보죠. 그다음 문제가 있으면 실무적 차원에서 접근하기로 하죠."

"예. 현명하신 말씀이십니다."

이진은 대통령을 치켜세웠다.

자리는 파했고, 이진과 오민영은 상춘재를 나섰다.

오민영이 일정을 보고하고 있을 때, 뒤에서 황상진 의원의 목소리가 들려왔다.

"이 회장!"

"아, 의원님도 가십니까?"

이진은 마치 의외라는 반응을 보였다.

그러나 마음속으로는 옳거니 했다.

지금 이 순간을 기다리려 오늘 청와대에 온 것이었으니 말이다.

사실 누구일지는 몰랐다.

대통령은 아닐 것이고, 최서원일 수도 있었고, 다른 비서관이나 장관이었을 수도 있었다.

그러나 오늘 이진에게 접근하는 사람이 어떻게든 후지 고오에와 끈이 닿아 있을 것이라는 결론에는 변함이 없었다.

후지 고오에는 그야말로 철통 보안이었다.

내각 조사실 출신인 와타나베 다카기조차도 전혀 접근이 불가능했다.

그런 면에서 볼 때 SEE YOU보다도 더 비밀스러웠다.

"잠시 시간이 되겠습니까?"

"아, 걸으면서 이야기하시죠."

이진은 마치 바쁜 사람처럼 행동했다.

먼저 오민영을 차로 보냈다.

그리고 천천히 청와대 앞뜰을 걸었다.

"내가 한일 의원 연합 의장인 건 알고 계시죠?"

"예. 물론입니다. 항상 큰일을 해 주셔서 감사드립니다."

이진은 마음에도 없는 말을 했다.

"자민당 의원 중에 와카나 의원이라고 있습니다. 그 사람이 연락을 했더군요."

"아, 예."

"그쪽에서 이 회장을 직접 면담하길 바라고 있습니다."

바로 이거였다.

그러나 이진은 바로 만나겠다는 말은 하지 않았다.

"와카나 자민당 의원이라······. 처음 듣는군요."

"그럴 겁니다. 그저 의정 활동에 전념하는 분이니까요."

"그런 분이라면······."

"물론 들으신 적은 없을 겁니다. 워낙에 조용한 집안이라서요. 하지만 알고 보면 또 다릅니다."

황상진 의원이 이진의 반응에 설명을 늘어놓았다.

"아마 일본 정부와 천황의 뜻을 명확히 파악할 수 있을지도 모릅니다."

"와카나 의원이 그렇게나요?"

"그럴 겁니다. 어쨌든 일본 내에서는 영향력이 만만치 않으니 만나 보시면 도움이 될 겁니다."

"음! 그럼 약속까지는 못 드리겠고 제가 별도로 시간이 될 때 연락드리지요."

"그럼 그렇게 전하겠습니다."

황상진 의원과의 대화는 그렇게 끝이 났다.

그렇게 전하다니?

마치 와카나 가문의 대변인 같지 않은가?

'개 같은 새끼네.'

일본 정부는 계속 테라를 상대하지 않고 한국 정부를 상대했다.

그리고 곧 테라의 사업 영역이 아닌, 다른 부문에 대한 보복이 시작되었다.

시간이 지나면서 일본 전역에서는 난리가 났다.

스마트폰 공급이 완전히 끊긴 것이다.

생산할 수 있는 스마트폰은 3G와 4G.

이미 생산 라인마저도 바꾼 터라 다시 가동하는 데는 문제가 많았다.

일본 우익들은 3G를 쓰는 것이 애국이라는 광고를 내보내기 시작했다.

한마디로 촌극이었다.

두 달이 지나도 상황은 좀처럼 진정되지 않았다.

"일본 정부 쪽에서는 우리 테라한테는 별다른 반응이 없습니다."

"그거야 왜놈들이 우리 회장님 성격을 잘 아시니 그런 것 아니겠나?"

전칠삼이 이진의 집무실에 들어왔다가 와타나베 다카기를 마주하고 앉았다.

왜놈이라고 말하면서 와타나베 다카기가 어떤 반응을 보이는지 세밀하게 살피는 전칠삼이다.

이진은 웃지 않을 수 없었다.

테라 전자 회장도 배석했다.

"곧 추가적인 일본 정부의 조치가 있을 것으로 보입니다."

"우리 피해는 어떻게 되는가?"

전칠삼이 전자 회장에게 물었다.

새로 전자 회장으로 들어온 사람은 오씨 가문의 사람이

었다.

촌수로 따지자면 전 오경석 집사장의 육촌뻘.

"일본에 수출했어야 할 물량이 나가지 못해 그에 대한 이익이 감소한 정도입니다. 다만……."

"다만, 뭔가?"

"추가로 필수 부품의 수입을 중단할 경우, 혹은 일본 정부에서 나서서 중단시킬 경우 단기적으로 생산에 차질이 생길 겁니다."

"예를 들면요?"

이진이 물었다.

"대표적인 것이 실리콘 웨이퍼입니다. 현재 일본의 두 회사가 세계 최고의 품질로 우리 전자에 25퍼센트 이상을 수출하고 있습니다."

"거기에도 손을 댈 수 있다?"

"예. 대화로 풀리지 않을 경우 그렇게 할 겁니다. 달리 선택의 여지가 없을 테니까요."

"우리 기술은 어때요?"

이진이 기술 문제를 짚었다.

일본이 현재 6G 기술을 언제쯤 따라올 것 같으냐는 질문이었다.

"그건… 아마 최소 10년 이상이 걸리지 않겠습니까?"

"근거는요?"

"일단 우리 테라는 이미 완성된 설계를 통해 곧바로 6G로 진입한 케이스입니다. 거기서 부가 기술들이 파생되어 나왔고요."

"그런데요?"

"그런데 일본은 6G에 도달하려면 필수적으로 이전 5G 기술을 거쳐야 합니다. 그러니 그 시간을 단언한다는 것은 쉽지 않습니다."

이진은 고개를 끄덕였다.

그리고 와타나베 다카기에게 물었다.

"그럼 일본 정부나 기업들은 어떤 선택을 할까요?"

사실 그 둘이 어떤 선택을 할까 물은 것은 아니었다.

후지 고오에가 어떤 선택을 할지를 물은 것이다.

"아마 화전양면일 겁니다. 정부를 동원해 압력을 가하면서 출구를 찾으려 할 겁니다. 항복하지는 않을 겁니다."

"그리고요?"

"기술을 빼내려 들 겁니다. 타격을 줄 수 있는 일을 찾을 겁니다."

"테러라도 하려 들 것이란 말인가?"

전칠삼이 묻자 와타나베 다카기가 고개를 끄덕였다.

"아마 물불을 가리지 않을 겁니다. 그들은 막부 가문들 출신 아닙니까?"

이진도 그렇게 생각했다.

그렇게 생각하는 이유는 꼭 그들이 막부 가문들이기 때문은 아니었다.

이재희를 보면 알 수 있는 일이었다.

늘 앞에서는 선량한 척하면서 이재희에게 더러운 일을 맡겼다.

저희들이 직접 하지도 않는다.

비선이 나서게 만든다.

그건 그들의 일종의 사업 방식일 것.

이진은 거기서 그 일에 대한 말을 아꼈다.

직접 처리해야 할 일이었다.

곧바로 전자의 미래 산업 투자 현안을 점검하던 이진.

"직접 할 수 있는 것도 가능하면 외주를 주세요. 자금을 충분히 공급할 테니까 속도를 높이는 데 집중합시다."

소재 개발.

이것이 일본에 대항하는 데 가장 필요한 일이었다.

한국은 단기 성장을 목표로 늘 경제 계획을 수립해야 했다.

해방 후, 그리고 6.25 전쟁 후 당장 먹고사는 문제가 걸려 있었기 때문이다.

농업 위주의 산업에서 벗어나면서는 경공업, 그 이후로는 특정 몇 가지 분야가 전체 산업 비중의 30퍼센트를 차지하는 구조.

어쩔 수 없는 일이었다지만 이것은 적어도 90년대에 들어서면서 개선이 필요했었다.

그러나 그러지 못했다.

그래서 일본의 몽니에 발끈해야 하는 처지가 된 것이다.

테라가 없었다면 대책이란 것은 아예 없다.

어쨌든 이진은 그런 소재 분야에 대규모 자금을 투입할 계획이었다.

"초기에 1조 달러 이상의 자금을 집중 투입할 겁니다. 자금이 올바로 집행되도록 관리 감독을 잘해 주세요."

"예, 회장님!"

"속도도 속도이지만 품질에 더 집중해야 합니다. 이미 우리가 확보한 부가 기술들을 총동원하세요."

"예, 회장님!"

"협력 업체의 연구 성과를 인정해 주고 성장을 도와요. 그리고 우리 연구 성과는 전부 에티오피아 연구소로 보내세요."

이진은 연구 성과를 에티오피아 연구소에 집중시킬 생각이었다.

그러면 설사 한국이 타격을 받을 일이 생겨도 테라는 자유롭게 된다.

외부에서 지원을 할 여력이 생기는 것이다.

그리고 궁극적인 목표는 에너지원이었다.

당장이라도 에너지원 사업을 현실화할 수도 있었다. 그러면 일본도 당장 항복할 수밖에 없다.

그럼에도 그러지 못하는 것은 베이징행 비행기에서 받은 경고 때문이기도 했지만…….

그렇다고 그게 무서워서도 아니었다.

지금 전 세계의 적이 되어서는 안 된다.

차근차근 진행해야 했다.

회의는 그렇게 끝이 났다.

"어서 오십시오, 회장님! 늘 직접 뵙는 것이 평생의 소원이었습니다. 이렇게 소원을 성취하는 날이 올 줄이야……."

"이렇게 무리한 부탁을 들어주셔서 감사합니다."

"어찌 그런 말씀을……. 충성을 다할 것입니다."

이진을 맞은 사람은 공무원.

직급은 교정 부이사관(矯正副理事官)으로, 현재 서울구치소장을 맡고 있는 전광석 소장이었다.

이진의 손을 잡으며 깊이 허리를 숙인 전광석 구치소장이 전칠삼에게도 인사를 했다.

"어르신께서 찾아 주실 줄은 몰랐습니다."

"다 때가 되면 큰일을 하게 되는 법이다. 이놈이 저와는 팔촌쯤 될 겁니다. 언젠가 쓸모가 있겠지 싶어 감옥소장을 만들어 뒀습니다."

이진은 전칠삼의 감옥소장이란 말에 웃어야 했다.

밤이 이슥한 시간이었다.

이진은 이곳에 들어오는 동안 누구의 눈에도 띄지 않았다.

법무부장관, 검찰총장, 서울지방교정청장의 라인을 타고 내려와 지금 서울구치소에 들어와 있는 것이었다.

이진이 구치소장 집무실의 소파에 앉자 곧바로 오민영이 귓속말로 속삭였다.

"보안 점검을 끝냈습니다."

옆에서 엿들은 전칠삼이 곧바로 명령을 내렸다.

"데려와라."

"예, 어르신!"

전광석 구치소장이 나가고 얼마 지나지 않아 죄수복을 입은 한 사람을 교도관이 아닌 사복 차림의 남자 둘이 데리고 들어왔다.

"이게 누구야?"

"이놈이!"

철썩!

전칠삼이 죄수복을 입은 남자의 따귀를 그대로 갈겼다.

그러자 죄수복을 입은 남자의 입술에서 피가 터져 나왔다.

오민영이 황급히 주변에 튄 피를 닦아 내려 손수건을 꺼내 들었다.

그때 이진이 입을 열었다.

"모두 자리 좀 비켜 줘요."

"하오나 전하!"

전칠삼이 나섰지만, 이진의 눈빛에 모두를 데리고 밖으로 나갔다.

서울구치소 구치소장실에는 침묵이 흘렀다.

"앉아."

이진의 말에 죄수가 피식 웃으며 소파에 다리를 꼬며 앉았다.

"차도 마시고."

"……."

죄수는 찻잔을 들어 차를 마셨다.

그러고는 눈을 감고 음미한다.

그러더니 입을 열었다.

"흠! 교도소에 이런 고급 용정차라……. 교도소장하고도 친분이 각별하신가 봐?"

"내가 가능하면 특별히 너 좋아하는 것들 좀 주라고 했는데, 아닌가 봐?"

이진은 상대가 나이가 많아 보임에도 그대로 반말을 했다.

그게 의아한 모양이다.

그러나 그렇다고 불쾌한 표정도 아니었다.

대체적으로 일반적인 사람들은, 특히 한국 사람들은 나이 차가 꽤 나는데 젊은 놈이 대놓고 반말을 하면 싸가지

없는 놈으로 취급한다.

 예의가 없거나 막 나가는 놈이거나.

 그런데 지금 죄수는 그런 이진에게 불쾌해하지는 않았다.

 "네가 이겼다고 생각하는 건가?"

 "아니지. 난 아직 한 게 없는데……."

 불려 온 사람은 다름 아닌 이재희였다.

 이진은 이재희에게 한 일이 없다고 말했다.

 사실 한 일이 없는 건 아니었다.

 이재희의 범죄 사실을 증명했고 교도소에 처넣었다.

 지금 재판을 받고 있다.

 1심에서는 무기징역이 떨어졌다.

 그러나 그렇다고 물러날 이재희가 아니다.

 2심, 그리고 대법원으로 가면서 언제든 무죄로 풀려날 가능성도 있었다.

 적어도 SEE YOU라면 그럴 능력, 이것도 능력이라고 해야 하나?

 아무튼 그럴 수 있었다.

 어쨌든 이재희의 감방 생활이 그다지 녹록하지 않다는 것을 이진은 잘 알고 있었다.

 사실 이재희 정도면 독방에 들어앉혀야 정상이다.

 특별 대우라기보다는 범죄 사실이 지나치게 흉악한 데다가 가지고 있는 기업 정보가 많기 때문이다.

그럼에도 이재희는 지금 다른 잡범들과 함께 한방을 쓰고 있는 중이다.

이진이 시킨 일은 아니다.

바로 전칠삼이 시킨 일.

아마 생각하지도 못한 흉악한 일을 경험했을 것이다.

물론 이재희가 그렇게 녹록한 놈은 아니니 생각하기에 따라 다를 수도 있다.

그러나 이재희처럼 재벌 2세로 자란 인물이 잡범들 속에서 성희롱까지(성폭행일지도 모른다) 당해 가며 지내는 것이 그렇게 쉬운 일은 아닐 터.

전칠삼은 이재희를 그렇게 다루고 있었다.

심지어 한 방을 쓰는 죄수들도 엄선(?)해 들여보냈다는 후문이었다.

"한 일이 없다고? 아, 그럼 기대되는데?"

이재희는 이진의 말에 다시 차를 홀짝였다.

"후회되지?"

"후회되지. 네 아버지 죽이고 너 태어나자마자 바로 없앴어야 했는데……. 샤롤 때도 그랬지. 사실 그년이 너한테 빠지지만 않았어도……."

이재희는 이진을 자극하고 있었다.

그러나 그건 이재희의 착각이었다.

지금 눈앞에 앉은 이진은 샤롤을 잘 모르니 말이다.

"고년 참! 일을 시켜 놨더니 오히려 배신을 때리다니. 네가 나보다는 그래도 물건 값이 나가나 봐?"

"그랬을까?"

이진이 피식 웃었다.

"세계 최고 갑부께서 구치소엔 웬일일까? 아, 요즘 신문에 일본이랑 시끄럽다더니 그 때문인가?"

"하하하! 고작해야 살인범에게 내가 그런 문제를 상의하러 왔을까?"

이진의 대답에 이재희의 표정이 달라졌다.

대체적으로 이런 유의 인간들은 자신의 예상이 빗나가면 곧바로 반응한다.

그 이유는 예상이 거의 대부분 들어맞는 걸 보면서 살았기 때문일 것이다.

"네 아버지도 네가 죽였지? 화이자에서 받은 임상 실험용 약물로……."

"뭐야? 설마 우리 노인네 어떻게 죽였나, 알아보려 온 건가?"

"그럴 리가……."

"당연히 아니어야지. 만약 그런 거라면 내가 정말 이진에게 실망하지. 그럼 뭔데? 후지 고오에?"

이진은 대답을 하지 않았다.

그러자 이재희가 피식 웃는다.

후지 고오에 때문이라고 판단한 것이다.

그러나 이진은 아니었다.

물론 이재희와의 대화를 통해 후지 고오에에 대해 좀 더 알게 되면 좋다.

그러나 그걸 교도소에 있는 이재희에게 알아내고 싶은 마음은 없었다.

"영화에서 말이야. 주인공은 늘 최후의 순간에 시간을 끌다가 당하곤 하는 장면이 나오더라고."

"무슨 개소리야?"

"그래서 난 절대 그러지 않을 거라고 생각한 적이 있었어. 그런데 막상 그런 상황이 닥치니까 그게 쉽지 않더라고."

"무슨 소리냐니까?"

이재희의 언성이 높아진다.

"커흠!"

곧바로 문이 열리며 전칠삼이 얼굴을 들이밀었다. 혹시나 이진이 해코지라도 당할까 걱정하는 것이다.

이진이 고개를 끄덕였다.

그러자 전칠삼이 다시 문을 닫았다.

"넌 어차피 사죄할 놈이 아니니까 내가 너에게 사과를 받을 생각은 없어. 마지막이라고 해도 말이야."

이진의 말에 이재희의 얼굴에 절망감이 스쳐 지나갔다.

말뜻을 이해한 것일까?

"아무튼 나도 영화에서처럼 마지막이 되니까 네가 왜 뒤지는지 알려 주고 싶더라고. 이건 뭐 병이야. 병!"

"그게 무슨 개소리냐니까?"

이진이 웃으며 대답했다.

"너 박주운 알지?"

"…박주운이라니? 그놈은 서경이……."

"그래도 기억하니까 다행이네. 내가 너에게 왜 이러는지 정말 궁금했지?"

"……."

"그게 사실 성산 때문도 아니고, SEE YOU 때문도 아니고, 더더구나 후지 고오에 때문도 아니야."

"……."

"그런 것들쯤은 내가 알아서 할 수 있거든. 한데 박주운은 아니야."

"서, 설마?"

제5장

후지 고오에

재벌집 망나니
7대독자

설마?

진짜 설마 이놈이 내가 박주운의 환생이란 걸 알기라도 하는 걸까?

그러나 이진은 곧 허탈하게 웃어야 했다.

그럴 리는 없었으니 말이다.

"네가 죽인 거 맞지?"

"설마 그놈이랑도 무슨 관계가 있다는 거야?"

"있다면 있고, 없다면 없고……."

"의외네."

이재희는 의외라고 말했다.

테라의 이진이 내세울 것이라고는 하나도 없는 박주운을

안다는 것이 의외라는 것이다.

"너 지금까지 살면서 단 한 번도 진심으로 사람 대한 적 없지?"

"넌 그럼 그런 적이 있단 말이야? 재벌가에서? 그것도 테라에서?"

"당연하지."

"하기야 넌 7대 독자이니 그랬을지도……. 그런데 그렇게 진심으로 대한 샤롤은 어땠는데?"

이재희가 피식 웃으며 샤롤 이야기를 꺼냈다.

샤롤 이야기를 하려는 것은 아니다.

샤롤을 이재희가 작업해서 이진에게 접근시켰다는 것은 지금의 이진에게 중요한 일도 아니었다.

어차피 샤롤과의 로맨스라는 것이 기억에 없었으니까.

하지만 박주운은 다르다.

지금도 50대의 박주운이 스카니아에 치여 죽던 일이 생생하다.

그런데 현실은 또 다르다.

스카니아에 치여 죽은 박주운은 50대도 아닌 20대였으니 말이다.

어쨌든 부인하지 않는 것으로 봐서 이재희가 한 일이 분명했다.

아버지가 부추겼고 말이다.

그럼 뭘 더 바랄까?

이진은 찻잔을 내려놓았다.

"날 가둔다고 해서 문제가 해결되진 않아. 후지 고오에와 직접적으로 연결할 수 있는 사람은 나야."

"그래?"

이진은 턱을 올리며 이재희에게 물었다.

"그러니 이쯤 하는 게 어때? 그럼 나도 다시 생각해 볼 수 있는데……."

"네가 다시 생각해 본다고? 허! 정말 어이가 없네. 넌 지금 그런 말을 나에게 할 처지가 아니야."

"그럼 어떤 처지인데? 네 방해만 없다면 난 여기서 나갈 수도 있어."

"내 말이……. 내 방해가 없으면 그럴 수도 있겠지. 하지만 난 꼭 방해를 해야겠어. 그것도 좀 적극적으로 말이야."

"뭐야? 원리 원칙을 따지는 테라 총수 이진이 날 죽이기라도 하겠다는 말인가?"

"못할 것도 없지."

이진은 웃으며 자리에서 일어섰다.

득달같이 전칠삼이 문을 열고 안으로 들어왔다.

"하오시면……."

"그렇게 합시다."

"뭘 그렇게 하겠다는 말이야?"

이진과 전칠삼이 대화를 나누자 이재희가 소리를 빽 질

렀다.

 그러나 이진도, 전칠삼도 그런 이재희를 거들떠보지도 않고 밖으로 나갔다.

 이재희가 감옥에서 자살했다는 이야기가 들려온 것은 며칠 후였다.
"여보! 아니, 회장님! 이재희 부회장이 죽었대요."
 메리 앤이 신문을 들고 급하게 다가왔다.
 죽어도 싼 놈이라고 말했지만 놀란 모양이었다.
 이진은 가슴이 먹먹했다.
 이재희의 말이 맞았다.
 사실 이진은 이재희를 죽일 수 없었다.
 그러나 이재희를 살려 둘 수도 없었다.
 언젠가 아이들이 자라고 커서 이재희 같은 놈을 다시 만나게 될까 두려웠다.
 더러운 일이라면 차라리 혼자 지고 가는 편이 나을 것 같았다.
 일은 전칠삼이 처리했고, 깔끔하게 끝이 났다는 의미였다.
"그래? 그것참! 한국 현대사를 장식한 성산이 그렇게 몰락하네."

"누가 들으면 죽인 사람이 걱정해 주는 척한다고 하겠어요."
"나 안 죽였어."
"그 말이 아니라요. 성산이 몰락한 게 다 테라 때문이라고들 말하잖아요."
"그렇긴 하지."
다들 그렇게 말한다.
성산은 테라에 의해 망했다고.
하지만 진짜 성산을 몰락으로 이끈 것은 이만식 회장과 아들 이재희였다.
그러나 세상은 그렇게 보지 않는다.
테라에 의해 공중분해되었고, 그 여파로 불행한 가정사가 이어진 후 죽었다고 떠들어 댄다.
이진은 그게 마음에 들지 않았다.
그러나 그걸 바로잡을 필요는 없었다.
죽은 자는 말이 없다.
지금은 그걸로 만족해야 했다.
이진은 메리 앤에게서 신문을 받아 들고 한참 보는 척하다가 고개를 들었다.
"안됐네."
"그러게요. 한데 당신, 표정은 왜 그래요?"
"왜?"
"좋아하는 표정인데?"

"그럼 울기라도 할까? 그 개새끼가 죽었다는데도?"
"하기야⋯⋯. 그래도 벌은 받았어야 하는데."
"그건 메리 말이 맞네. 아마 벌 받았을 거야. 아니면 죽어서라도 받겠지."

이진은 그렇게 말하고 출근을 하기 위해 자리에서 일어났다.

2014년은 유독 사건, 사고가 많은 한 해였다.

그러나 자세히 들여다보면 굵직한 비극이 굵직한 희극을 덮으면서 그렇게 비쳐진 한 해였을 뿐.

이진이 보기에 크게 다를 바는 없었다.

2014년이 저물어 가면서 가장 큰 사건은 크게 두 가지로 압축되었다.

가장 큰 사고는 세월호 참사, 그리고 그 뒤를 테라의 일본 금수 조치가 따랐다.

연말이 되면서 포브스에서는 세계 최대 부자 명단을 다시 작성해 발표했다.

테라의 일본 금수 조치처럼 이 역시 원래의 역사에서 벗어난 일이었다.

〈1위. Jean Lee

2위. Mary Ann
3위. Devorah Kim〉

1위에서 3위를 이진과 메리 앤, 그리고 어머니인 데보라 킴이 차지했다.

아이들은 순위에 기록되지 않았지만, 정확한 테라의 지분 구조를 파악한다면 10위 안에 들 것이란 이야기가 떠돌았다.

안나 역시 50위 안에 이름을 올렸다.

테라가 전 세계의 이동 통신 장비와 단말기 시장을 장악하면서 생긴 일이었다.

베지스나 워렌 버핏, 빌 게이츠는 불과 1년 만에 10위 아래로 밀려났다.

이진은 조용히 후지 고오에, 혹은 SEE YOU에서 반격에 나서길 기다렸다.

그러나 이러다 할 반격은 없었다.

마치 폭풍 전야처럼 조용한 몇 달이 지나 연말이 되자, 이진은 소재 산업에 이어 슬슬 에너지 산업에 대한 구상에 들어갔다.

소재 산업이야 무역 전쟁으로 끝이 날 것이지만 에너지는 차원이 달랐다.

2차 세계 대전 이후 세계 각지에서 일어난 전쟁의 90퍼센트가 에너지 때문이라고 해도 과언이 아니었으니 말이다.

만약 이진이 자력 에너지 발생 장치인 다이나모의 보급

에 나선다면 당장 전쟁이 나고도 남았다.

문제는 이미 개발되어 에티오피아 기지 내에서 사용 중인 다이나모를 언제, 어떤 방식으로 공식화하는가였다.

다이나모는 이미 소형화와 정밀화의 단계를 거친 상태였다.

그래서 이진은 일단 먼저 성북동 집에 다이나모를 비밀리에 설치했다.

외부에서 보기에는 보일러 교체 공사쯤으로 보였지만, 사실은 극비리에 선적해 온 다이나모를 기술진들이 설치해 안전하게 작동되는지를 확인하는 시험이었다.

"아직 멀었어?"

"다 되어 가."

"왜 한겨울에 보일러를 교체하느라고 이 난리야?"

이틀째 메리 앤은 통통 부어 있었다.

집 안에 온기가 도는 곳이라고는 장작을 때는 별채의 벽난로 앞이 전부였다.

"그러게 이스트사이드에 며칠 가 있으라니까?"

"그럼 연말을 당신 없이 지내?"

메리의 볼멘소리에 이진은 할 말이 없었다.

그래서 다시 돌아서 나가려는 순간.

"당신이 뭘 안다고 나가? 그냥 기술자 분들 일하게 둬."

"좀만 살펴보고……."

"살펴보긴! 자기가 보일러를 알아?"

메리 앤의 말에 이진은 하마터면 빵 터질 뻔했다.

그럼에도 이진은 외투를 덮어쓰고 밖으로 나왔다.

작업은 전 과장과 에티오피아 기지 기술 총책임자인 하성식 박사가 진두지휘 중이었다.

"좀 더 시간이 걸릴 것 같습니다."

"왜 이렇게 시간이 많이 걸리는 거예요?"

"송구합니다."

"그런 뜻이 아니라……. 기술적인 문제가 있는 것은 아닌가해서요."

"아! 그건 아닙니다."

하성식 박사가 설명에 나섰다.

이진의 생각에는 보일러만 축소화시킨 다이나모로 바꾸면 끝나는 일인 줄 알았는데 그게 아니었다.

다이나모는 다른 에너지가 들지 않지만, 지나치게 열효율이 높았다.

그래서 발전시킨 에너지의 보존과 분배에 어려움이 생겼다.

배관까지 교체를 해야만 가능한 일이었으니 방바닥을 다 뜯어내야 하는 것.

하성식 박사의 설명을 들은 이진이 고개를 끄덕였다.

"그럼 그 부분은 상당히 비용이 소모되겠네요."

"예. 결국 동관의 문제입니다. 기존 동관을 이 신기술에 접목하면 그다지 오래 버티지를 못합니다."

"그럼요?"

"새로 개발한 동관입니다. 이미 테스트는 끝났습니다. 기존 구리에 일정 비율의 다른 금속을 혼합하는 기술입니다."

"아! 그럼 어쨌든 구리가 주 재원이네요."

"예. 그 문제와 센서의 문제입니다. 센서가 정밀 센서라 정밀한 반도체가 필요합니다. 물론 그 반도체는 이미 우리 테라 전자에서 양산할 수 있습니다."

거의 다 마치긴 했다는 말이었다.

과연 소형 가정용 다이나모 한 대로 모든 전기 제품들과 냉난방이 가능해질까?

이진의 최대 관심사는 바로 그것이었다.

안정적인 전기 공급이 이루어지고 냉난방에 문제가 없다면 한전은 문 닫는 일만 남는다.

어디 한전뿐이겠는가?

제너럴 일렉트릭과 일본의 전력 회사들도 문 닫는 일만 남게 된다.

이 문제를 그들이 알 경우 전쟁도 불사할 가능성이 높았다.

이진은 손을 비벼 가며 하성식 박사의 설명을 들었다.

"불편하시지 않으십니까?"

"괜찮아요."

"하지만 굳이 사모님과 자녀분들이 계실 이유는……"

하성식 박사가 넌지시 물었다.

지금 성북동에는 남아 있는 메이드도 없었고, 경호원들도 집 바깥에밖에 없었다.

극비를 요하는 일이었기에 모두 휴가를 준 것이다.

이 일에 직접적으로 관여하는 기술자들만 들어와 있는 상태.

"이유는 있죠. 이건 역사잖아요. 가정용 다이나모 발전기가 처음으로 설치되는 뜻깊은 날, 개발자인 령이와 가족들이 함께해야죠."

"지당하신 말씀이십니다. 마음 같아서는 모든 테라 가족들이 함께했으면 하는 마음입니다."

"그야 그렇지요."

이진의 말을 하성식 박사가 곡해했다.

테라의 전 직원을 말하는 것으로 잘못 들은 것이다.

"대략 6시간 정도면 작업이 끝이 날 겁니다. 조금만 기다려 주십시오."

"예, 물론이죠."

이진은 다시 재래식 아궁이 방으로 들어왔다.

그리고 메리 앤과 함께 아이들을 데리고 게임을 했다.

그래서인지 조금은 추운데도 아이들은 즐거워했다.

"아빠! 우리 내년에 초등학교 가?"

"응?"

이진은 한참 보드 게임에 열중하다 나온 딸 이령의 말에 머리를 치켜들었다.

메리 앤이 슬쩍 거들고 나섰다.
"며칠 전에 사립 초등학교에서 교장 한 분과 학부모회 회장이란 분이 다녀갔어요."
"어디서?"
"강남이요."
"우린 강북인데?"
"그래도 내년이면 아이들 취학 연령이니까 자기들 학교로 와 달라고……."
"그래? 근데 너무 멀잖아?"
"나도 그래서……."
"령이는 학교 가고 싶어?"
"아니!"
딸 이령은 아빠의 질문에 단호하게 대답했다.
그리고 이선은 아예 머리를 들지도 않았다.
그러나 둘째 이요는 아니었다.
"아빠! 난 학교 가고 싶어. 다른 아이들이랑 놀면 재밌잖아."
"그럼 누나하고 동생은 재미없단 말이야?"
"그건… 누나는 누나고 동생은 동생이지. 친구는 아니잖아."
학교에 가고 싶어서일까?
이요는 애매하게 이령이 누나이고 이선이 동생임을 인정했다.
평소에는 셋 다 서로 자신이 누나나 오빠라고 우기는데

말이다.

"당신 생각은 어때?"

이진이 메리 앤에게 물었다.

"글쎄요. 난 미국에서 보냈으면 하는데……."

"엄마! 우린 한국 사람인데 왜 미국에서 학교를 다녀?"

메리 앤의 말에 이요가 곧바로 반격에 나섰다.

"이 맹꽁아! 그건 아빠도, 엄마도 미국에서 학교를 다녔으니까 그렇지."

"그땐 집이 미국이었으니까 그랬겠지. 지금은 성북동이잖아."

"아, 둘 다 답답하다. 어디서 학교를 다니느냐가 왜 중요해? 뭘 배우느냐가 중요하지."

으음.

이진은 메리 앤과 의미심장하게 얼굴을 마주해야 했다.

이진은 난감하기도 했다.

오늘에서야 아이들이 학교에 갈 나이가 되었다는 걸 알아챘으니 말이다.

그때, 전 과장의 목소리가 들려왔다.

"공사가 완료되었습니다."

이진은 메리 앤과 아이들을 데리고 밖으로 나갔다.

마치 테이프 커팅 행사처럼 버튼 5개가 줄을 지어 놓여 있었다.

전 과장이 아이들까지 배려해 만든 것임이 분명했다.

모두 자리한 후 숫자를 외쳤다.

"하나, 둘, 셋!"

동시에 버튼을 누르자, 휘황찬란한 불빛이 성북동 저택을 밝혔다.

소형 다이나모 발전기는 성공적으로 작동했다.

그리고 무엇보다 아이들을 위해 준비한 것으로 보이는 트리가 이진을 기쁘게 했다.

역사의 한 획을 긋는 기술을 확인하는 것보다 가족들과 기뻐할 수 있다는 것이 오히려 더 고마웠다.

이진은 2014년의 마무리를 가족과 함께했다.

연말에는 공연을 보러 외출도 하고 쇼핑도 함께했다.

즐거운 시간이었다.

그러면서 이진은 계속 와타나베 다카기의 보고를 기다렸다.

후지 고오에가 심어 놓은 비선이 이재희였다면 분명 무언가 연락이 올 것이라고 여긴 것이다.

그러는 사이 새해가 밝았다.

2015년 1월 6일.

작년을 흔들었던 세월호 특별법이 국회에서 통과되었다.

그러는 사이 서서히 가상화폐 열풍이 불기 시작했다.

특히 비트코인의 강세가 눈에 띄었다.

가격은 이미 100달러를 넘어 큰 변동성을 기록하고 있었다.

전체 비트코인이 2,100만 개.

그중 거의 반을 가지고 있는 메리 앤은 가만히 앉아서 천문학적인 평가 이익을 내고 있었다.

그에 반해 테라 페이는 달러와 일대일로 연동되었다.

가격이 오를 수가 없었다.

거의 완전한 현금처럼 거래가 되고 있기 때문이었다.

이진은 한동안 어떻게 하면 비트코인까지 테라 페이로 흡수할 수 있을까를 고민하면서 연초를 지냈다.

2015년 1월 20일.

일본에 머물고 있던 와타나베 다카기가 입국을 했다.

"어서 와요."

"늦었습니다, 회장님!"

기다리던 소식을 가져왔을 것이었기에 이진은 와타나베 다카기를 반갑게 맞았다.

와타나베 다카기는 자리에 앉자마자 봉투 한 장을 내밀었다.

봉투에는 6개의 엽전이 그려져 있었다.

후지 고오에 중 사나다 가문인 것이다.

사나다 가문은 6개의 엽전을 문장(紋章)으로 삼았다.

엽전 여섯 냥은 망자(亡者)가 저승으로 가는 노잣돈을 의미한다.

전쟁에 임해 죽기를 각오하고 싸우겠다는 의지의 표현이었다.

사나다 가문은 오다 노부나가(織田信長), 도요토미 히데요시(豊臣秀吉) 시절을 거쳐 도쿠가와 막부 시절에도 용케 살아남았다.

심지어 NHK는 전국시대 말기부터 도쿠가와 막부 초기 사나다 가문의 영욕을 다룬 대하드라마 '사나다마루(眞田丸)'를 방송한 적도 있었다.

게다가 마쓰시로 곳곳에는 아직도 엽전이 그려진 깃발이 자주 걸린다. 그렇게 대놓고 자신들의 존재를 알리고 있음에도 실제 사나다 가문이 어떤 식으로 존재하는지, 혹은 지금도 그 가문의 이름으로 활동하고 있는지는 알려진 것이 없었다.

그런데 그런 사나다 가문이 후지 고오에의 한 축으로 남아 있는 것이다.

"사나다입니다. 현재 사나다 노부시게가 수장입니다."

"그럼 사나다 노부시게가 연락을 했단 말이에요?"

"예. 은밀하게 접촉해 왔습니다. 아마도 이재희를 부린 것이 사나다 가문인 모양입니다."

"이재희가 죽자 연락을 해 왔다?"

"예."

"뭐라고 하는데요?"

"회장님을 뵙고 싶다고 연락이 왔습니다."

이진은 잠시 숨을 골랐다.

왜 만나자는 것인가를 생각하는 것이다.

일본에 6G 장비 금수 조치를 내린 후에도 연락은 없었다.

그런데 이재희가 죽자 연락이 왔다.

"제 생각으로는 아마 이전 일에 대해 우려하는 것 같습니다."

"이전 일이라면 이재희가 벌인 일 말이에요?"

"예. 그걸 전부 사나다 가문에서 이재희에게 오더로 넣은 것이 분명합니다."

"그럼 SEE YOU에도 사나다 가문이 참여한다는 말이 되나?"

"그건 아닐 겁니다."

"어째서요?"

이진이 와타나베 다카기에게 되물었다.

그럼 후지 고오에를 대표하는 것은 누구란 말인가?

"사나다 가문은 그저 손인 것 같습니다. 후지 고오에의 전면에 선 전위대가 분명합니다."

"그럼 누가 SEE YOU의 멤버이자 후지 고오에의 수장이란 말이에요?"

"킷카가 아니겠습니까?"

"예?"

와타나베 다카기의 대답에 이진은 화들짝 놀랐다.

킷카라니?

국화다.

일본 내에서 국화를 문장으로 사용하는 곳은 단 한 곳.
바로 일본 황실이다.

만약 지금 와타나베 다카기의 말이 사실이라면 이건 차원이 다른 문제가 된다.

"회장님께서도 한번 생각해 보시죠. 일본 황실은 2차 세계대전 패망 때까지는 사실상 최고의 권력을 가졌습니다. 그렇다고 전쟁을 진두지휘한 것은 아니죠."

"늘 현실에서는 한발 물러나 있었죠. 예전처럼 싸움은 막부들에게 시키고 황실은……. 그럼 지금도?"

"예. 미국에 항복을 선언할 때 누가 일본에서 가장 먼저 활약을 시작했겠습니까?"

"SEE YOU에 포함된 가문들이겠지요."

"맞습니다. 모건 스탠리가 2차 세계대전 종전 후 전후 협상을 거의 독점했습니다."

"그럼 그때 판을 짰다고요?"

"대접을 해 주면서 동반자로 삼은 것이 분명합니다. 물론 다른 SEE YOU 회원들처럼 일선에서는 물러나야 했을 겁니다."

SEE YOU의 가문들도 모두 정치에는 깊게 관여하지 않았다. 막후에서 움직였을 뿐이다.

일본도 그런 전철을 밟았다는 것.

"그래서 미국에서 SEE YOU회의가 있을 때 한 자리가 비었었나 보네요?"

"아마 그럴 겁니다. 공식적으로 일본 황실에서 그런 자리에 나갈 수는 없었을 테니까요. 하지만 얼마든지 다른 가문들을 통해 의사소통을 할 수는 있었을 겁니다."

흠.

일이 복잡하게 되어 가고 있었다.

사나다 가문 같은 하나의 가문이라면 주변을 봉쇄한 후 스스로 무릎을 꿇도록 만들기는 쉽다.

하지만 1억이 넘는 일본 국민들의 지지를 받고 있는 일본 황실을 단죄하려면?

그건 아주 다른 문제이자 쉽지 않은 일이기도 했다.

'결국 일본과는 함께 갈 수 없는 건가?'

문득 이진은 2019년의 일이 떠올랐다.

화이트 리스트 제외로 촉발된 한국과 일본의 분쟁은 쉽게 수그러들지 않았다.

얼핏 화해로 턴을 하는가 싶더니 다시 강경 대치로 맞선 것도 모자라 심지어 무력 충돌의 직전까지 가게 된다.

문제가 해결된 것은 2022년 말.

새 정부가 들어선 후였다.

이것이 바로 이진이 경험한 미래였다.

"만약 킷카라면 바로 접근하는 것은 신중하셔야 할 듯합니다."

"왜요? 아키히토가 무서워서요?"

"그럴 리가요. 회장님께서 아키히토를 무서워할 일이 뭐가 있겠습니까? 하지만 그렇게 되면 혼란을 피하기는 어렵습니다."
"그럼요?"

이진이 눈빛을 빛내며 의견을 구했다.

와타나베 다카기는 일본인임에도 자신을 믿는 이진이 고마운 모양이었다.

"후지 고오에를 하나씩 부수시죠. 그럼 자연스럽게 그쪽에서 알아서 회장님 앞에 나서지 않겠습니까?"
"각개격파라……. 그것도 나쁘진 않죠. 사나다는 뭘 해요?"
"사나다 가문은 알려진 바로는 일반 사업체를 소유하고 있지는 않습니다."
"그럼 야쿠자?"
"예. 주로 지하 자금을 관리합니다. 한강 역시 사나다 가문의 휘하입니다."
"거, 재미있네요."

이진이 피식 웃었다.

"아마 이재희를 제거하자 자신들이 한 일을 회장님께서 알아챘다고 여길 겁니다. 당장은 사죄를 하려고 할 겁니다."
"어떻게 사죄를 할까요?"
"시늉을 낼 겁니다. 그러나 그게 통하지 않으면 칼을 보내겠지요. 그게 그들의 방식이니까요."
"내가 그래도 아키히토처럼 SEE YOU 멤버인데?"

이진이 웃으며 되물었다.

"아마 그럴 겁니다. 그들의 방식이지요. 일단 저질러 놓고 주군의 앞에서 할복하는……."

"아! 맞네. 그럼 난 그들의 제안을 받아들여야겠네요?"

"어쩌시려는지……."

이진은 질문에 대답하지 않았다.

대신 다른 말을 했다.

"사나다 가문의 현재 두목이 직접 오라고 하세요. 나랑 종묘 산책이나 하게."

"예, 회장님!"

만남은 얼마 지나지 않아 이루어졌다.

1월 28일, 이진은 종묘로 향했다.

종묘 입구 주차장에는 여러 대의 검정 승용차들이 서 있었다.

그리고 이진의 차가 도착하자 곧바로 검은 양복들이 우르르 내렸다.

이어 나타난 사람은 강퍅한 인상의 중년 남자.

이진이 차에서 내리자 다가오더니 인사를 했다.

"코오에에데스. 사나다 노부시게데스(영광입니다. 사나다 노부시게입니다)."

"아, 그럼 임진년에 전쟁에도 참여하신 그분?"

이진이 첫마디부터 말도 안 되는 농담 아닌 농담을 했다.

"그럴 리가요. 영광스럽게도 조상의 이름을 쓰게 되었습니다."

"그 말은 임진년에 남의 나라 침략하는 데 참여한 게 영광이란 이야기인가?"

계속되는 이진의 공격에 안경 너머로 사나다 노부시게의 눈빛이 사나워졌다.

그러나 입에서 나온 말은 아니었다.

"회장님을 뵙게 되어 영광이란 뜻입니다."

"뭘 또 그렇게까지……. 우리 아버지도 만나 보셨을 텐데……."

이진은 그렇게 말하며 종묘 안으로 발걸음을 옮겼다.

경호원들이 멀어지며 둘만 걷기 시작했다.

"그건 어디까지나 비즈니스였습니다. 이재희 상이 어찌 말했는지는 모르겠지만, 결코 테라를 상대하려 한 일은 아닙니다."

"……."

이진은 사나다 노부시게를 힐끗 바라봤다.

능숙하다 할 수는 없지만 한국말도 제법 한다.

그리고 말투로 볼 때 이재희가 어디까지 불었는지 제대로 알지 못하는 것으로 보였다.

"비즈니스라……. 그럼 나도 오늘 여기서 우리 사나다 회장님께 노잣돈을 좀 쥐여 주면요?"

"…하하하! 듣던 대로 대범하십니다. 정히 보상을 원하신다면 샤롤이란 분에게 쓴 손을 드리고 싶습니다만."

이진은 걸음을 잠깐 멈췄다.

그러나 다시 걸었다.

이자들 역시 이진이 샤롤에게 집착한다고 여기는 것이 분명했다.

그렇지 않고서야 협상 카드로 샤롤을 직접 제거한 자를 거론하지는 않았을 것이다.

그러나 잘못 알고 왔다.

그 이진이 지금의 이진이 아닌 까닭이었다.

"천황 폐하께서는 뭐라고 하십니까?"

"예?"

"에이! 나랑 같은 SEE YOU 회원인데 그걸 모를까?"

이진의 말에 사나다 노부시게가 잠시 입을 다물었다.

그러나 곧.

"그분께서는 회장님을 기쁘게 해 드리라고 말씀하셨습니다."

"그래요?"

이진은 무표정하게 되물었다.

그러나 마음속으로는 쾌재를 불렀다.

확인이 된 것이다.

심지어 기쁘기까지 했다.

오늘에서야 장막에 가려져 있던 테라의 적이 누구인지를 정확하게 파악하게 된 것.

그러니 기쁘지 않을 수가 없었다.

SEE YOU의 멤버 중 마지막 남은 한 자리까지 파악을 하자 이진은 춤이라도 추고 싶었다.

"원하시는 것을 말씀하시면 그대로 따르겠습니다."

"그대로라……. 우리 아버지가 아마 태평양에 수장되었죠?"

"설마 그걸 원하시는 것은 아니시죠?"

"왜? 그럼 안 되나?"

이진의 말에 사나다 노부시게가 입을 다물었다.

이진이 손사래를 쳤다.

"에이! 농담이에요. 그래 봐야 남는 게 없는데……."

"역시 테라를 오늘날까지 이끄신 분다우십니다. 하면……."

"원하는 건 내가 따로 연락을 할게요. 그거나 따지자고 만나자고 한 건 아니고… 황 의원 말인데……."

이진은 갑자기 황상진 의원을 거론했다.

"황상진 의원 말씀이십니까?"

"예. 내가 좀 거슬려서 그러는데……. 좀 뒤로 물러나 있으면 안 되나?"

"그 문제는 한국 국회 문제인데……."

척.

순간, 이진이 사나다 노부시게의 어깨에 손을 척 하고 얹으며 말했다.

"알 만한 사람끼리 왜 그래요?"

"하아! 송구합니다. 좋습니다. 하면 황 의원이 잠시 법사위원장에서 물러나는 걸로……."

어디까지나 추측일 뿐이었다.

황상진 의원이 청와대에서 접촉을 해 왔으니, 그 역시 어쩌면 후지 고오에의 손일 수 있다고 생각한 것.

그런데 그게 사실인 것이다.

한국 국회의원, 그것도 법사위원장이란 자가 일본 비밀결사의 끄나풀이 분명했다.

이진은 혹시나 하다가 확인이 되자 맥이 풀리는 것 같았다.

심지어 원통하고 분통이 치밀어 올랐다.

어찌 이 나라는?

어떻게 이 나라를 이끄는 지도층들은 조선 시대로부터 지금까지 이리도 아둔하고 자기 욕심밖에 모른단 말인가?

황상진 의원 개인의 일탈로 치부하기에는 지나쳐도 너무 지나쳤다.

"그럼 부탁 좀 합시다."

이진은 서둘러 마무리를 지었다.

알고 싶은 것은 다 알아낸 것이나 다름없었다.

사나다 노부시게 역시 볼일이 끝난 모양이었다.

더 이상 말없이 고개를 숙이고는 총총히 사라져 갔다.

종묘 안에 이진 혼자 남았다.

처음 와 본 것이 아님에도 종묘 정전 앞은 오늘따라 더 엄숙한 분위기를 자아내고 있었다.

조선은 유교를 토대로 세워진 나라다.

그리고 그 신념을 지키겠다는 선비들에 의해 무너진 것이나 다름없다.

당파에 무너졌다고, 이진은 조선의 몰락을 정의했다.

기록에도 그렇게 쓰여 있었다.

유교적 신념이 사람보다 늘 우위에 있었다.

그런 신념은 많은 사람들을 박해했고 당파를 짓게 해 나라를 망쳤다.

'그런 왕조의 후손이라…….'

이진에게는 더 이상 의미 없는 일이었다.

그러나 앞으로 이 나라는 어찌 되어 가는가?

2019년에도 여전히 좌우 이데올로기의 한복판에서 서로 헐뜯느라 정신이 없었다.

앞으로 5년 후에도 이 나라는 같다.

백성은, 국민은 늘 힘들고 고단한 반면 그들의 편 가름에 연연하느라 백성을 돌볼 여력도 없다.

그래서 이기적이더라도 자신만을 생각하며 사는 사람들이 출세를 하는 것인지도 모른다.

"감회가 남다르시겠습니다."

"어서 와요."

전 과장이었다.

감회가 남다르다는 말에 이진은 그다지 동의하지는 않았다.

"전 과장님은 일본하고 북한 중에 누가 더 미워요?"

"예? 아, 예. 전 개인적으로 일본이 더 밉습니다."

느닷없는 질문에도 전 과장은 자신의 소신을 그대로 대답했다.

그러고는 이진이 말이 없자 물었다.

"회장님께서는 어느 쪽이 더 미우십니까?"

"난 북한이 더 미워요."

"뜻밖입니다."

"그래요? 이유는 안 궁금하고요?"

"물론 궁금합니다."

이진은 전 과장의 말에 정전 쪽을 향해 걸음을 옮기며 대답했다.

"옆집에 깡패가 살아요. 잘산다고 툭하면 쓰레기도 우리 집 대문 앞에 버리고, 전에 우리 집이 자기 땅이었다고 우기기까지 해요."

"하하하!"

전 과장이 웃는다.

일본을 두고 한 말.

"나쁜 이웃이죠. 이제는 우리 땅이라고 말해도 언젠가 기회만 있으면 헐값에라도 사려고 달려들죠."

"일본처럼요."

"맞아요. 한데 우리 집에는 더한 놈이 살아요. 옆집 놈은 남이라고 쳐도 같은 집에 사는 놈이 툭하면 시비를 걸어요. 그리고 틈만 나면 온 집안을 다 차지하려고 들죠."

"하하하! 그 역시 비유가 딱 맞습니다."

"옆집 놈이야 원래 나쁜 놈이려니 했으니 별생각 할 것도 없어요. 근데 집안에 그런 놈이 있으면 어찌시겠어요?"

"……"

그다지 어려운 질문도 아니었다.

옆집 놈이 더 싫을 수도 있고 아니면 한 집안에 있는 놈이 더 싫을 수도 있으니 말이다.

이진이 먼저 대답했다.

"난 북한 놈들이 더 싫어요. 한 집안에 사는 깡패니까. 근데 더 싫은 건 한방 쓰면서 옆집 놈이랑 붙어먹는 놈이고요."

"그 말씀은……"

"황상진 의원 말이에요. 잘 뒤져 봐요. 뭐 나오면 묻어 버리게."

이진의 입에서 평상시 잘 나오지 않는 험악한 말이 나왔다.

"사나다 노부시게는 어찌할까요?"

"아까 그놈은… 비행기 사고로 죽어야겠죠? 아닌가… 스카니아?"

"…비행기 사고로 죽는 것도 아까운 놈입니다."

전 과장의 말에는 힘이 실려 있었다.

아마 양대 가문 모두 아버지 이훈의 죽음에 대해 언젠가는 책임을 물어야 한다고 벼르고 있었던 것이 분명했다.

그리고 이제 기회가 온 것이다.

"그럼 그렇게 해 봐요. 소리는 내지 마요. 말 안 해도 아마 지레짐작할 거니까."

"예, 명심하겠습니다. 회장님! 하면 일왕은……."

"자민당에 반대하는 쪽을 은밀하게, 그러나 전폭적으로 지원합시다. 우리 쪽 사람들을 쓰면 더 좋고요."

"예. 회장님!"

"당장 일왕을 어쩔 수는 없으니 후지 고오에 멤버들을 하나씩 제거합시다."

"알겠습니다, 회장님! 그럼 물러가겠습니다."

전 과장이 비장한 표정으로 물러났다.

그러고도 이진은 한동안 종묘 정전 앞뜰을 서성였다.

2015년 1월이 지나면서 아이들 교육 문제가 시급한 일이 되었다.

설날을 열흘 앞두고 그 문제를 의논하기 위해 어머니 데보라 킴까지 입국을 했다.

모두가 모인 자리에서 아이들 의견을 물어보기로 했다.

할아버지 이유가 있었더라면 좋았을 자리였다.

집안에 중심이 될 큰 어른이 있다는 것은 그만큼 든든한 일이었다.

그러나 대부분의 사람들은 이제 집안의 어른을 짐으로 여긴다.

그럼에도 정말 중심이 잡힌 가장이라면 최소한 집안의 늙은 어른을 짐짝처럼 여기지는 않을 것이다.

늘 뒤를 받쳐 주고 인생의 조언을 줄 수 있는 버팀목처럼 여길 것이다.

지금의 이진에게 할아버지 이유는 그런 존재였다.

할머니 데보라 킴은 아이들을 너무 예뻐만 하는 것이 문제였다.

이미 둘째 이요는 할머니 무릎을 독차지하고 있었다.

"그래, 요는 앞으로 뭐가 되고 싶어?"

장래 희망에 대해 논의할 자리는 아니었는데, 아이들의 눈높이에 맞춰야 했기에 먼저 나온 말이었다.

할머니가 묻자마자 둘째 이요는 아빠의 눈치를 봤다.

자연스럽게 데보라 킴의 눈초리가 이진에게 향했다.

"걱정 마. 아빠도 이 할머니 한마디면 꼼짝도 못하니까……."

"정말이요?"

이요는 믿기지 않는다는 투로 제 할머니를 올려다봤다.

"그럼?"

"그럼… 꿀꺽!"

침까지 삼키는 이요.

긴장한 모양이었다.

그러나 메리 앤은 이미 알고 있다는 표정이었다.

"저는 대통령이 되고 싶어요."

당찬 둘째 이요의 말에 이진은 정말 화들짝 놀라야 했다.

그 순간, 딸 이령이 그런 이요를 보더니 카운터펀치를 날렸다.

"밥통!"

"어머나! 령이 너 그게 무슨 말이야?"

"실수예요. 하지만 엄마가 아빠는 정치인들 싫어한다고 그렇게 말했는데……. 바보 같아요."

"저기, 령아!"

결국 이진이 나서야 했다.

"응, 아빠!"

"아빠는 정치인들 안 싫어해."

"거짓말! 엄마가 싫어한다고 했는데?"

"그건……. 후우! 아무튼 그럼 요는 왜 대통령이 되고 싶어?"

이진은 딸에게 항복을 선언하고 다시 요에게 물어야 했다.

"전에 청와대에 갔을 때 결심했어. 대통령이 되어서 국민들을 위해 일할 거야."
"그럼 뭘 먹고 살고?"
이번에는 막내 이선이 끼어들었다.
"대통령도 월급 타?"
"얼마나 탄다고! 난 아빠 회사 물려받아서 더 큰 회사로 키울 거야."
"쪼그만 것들이 벌써 돈과 권력에 물들다니……. 이 누나는 물리학을 연구해서 전 인류에 도움이 되는 걸 발명할 거야."
흠.
컥.
어른들은 꿔다 놓은 보릿자루가 되었다.
이진도 당최 어떻게 할지를 몰라 당황스러웠다.
어머니 데보라 킴 역시 마찬가지인 모양.
그저 당돌한 아이들이 마음에 드는지 웃기만 할 뿐이었다.
그때 안나가 나섰다.
"그럼 어쩔 수 없이 두 집 살림을 해야겠네요?"
"두 집 살림이라니요?"
"전통에 따라 가업을 택한 선이는 옥스퍼드로, 그리고 령이는 칼테크나 하버드가 어울리겠고, 정치를 하려면 요도 역시 미국이 낫지 않겠어요? 미국 대통령쯤은 되어야……."

안나의 말에 둘째 이요가 손을 번쩍 들었다.

"말해 보렴."

"예. 저는 한국에서 학교 다니고 싶어요. 그리고 한국 대통령이 되고 싶어요."

"어째서?"

"한국 사람이잖아요. 여기서 대통령을 하려면 국민들의 생활을 처음부터 착실하게 겪어 나가야죠."

"간접 경험이란 것도 있잖아?"

"아니요. 직접 경험해야 피가 되고 살이 되는 거라고 전에 말씀하셨잖아요."

"……."

한마디, 한마디 받던 안나도 곧 손을 들었다.

아이들이 이 정도까지 생각하고 있었는지 이진은 몰랐다.

문득 아빠로서 미안하다는 생각이 들었다.

그리고 목표가 뚜렷하다는 것이 기꺼웠다.

그러나 아직은 어린 나이.

인생의 목표라는 것은 언제든 변할 수 있는 것이다.

당장 답을 해 줄 일은 아니었다.

"그럼 아빠가 며칠 생각해 볼게."

"난 아빠가 그렇게 해 줄 것이라고 믿어."

"아닐걸?"

"뭔가 좀 현실적으로 생각해야지."

이진의 말에 아이들이 한마디씩 덧붙였다.

어머니 데보라 킴은 그런 손자들이 귀여워 어쩔 줄 몰라 했다.

그러나 이진은 아니었다.

박주운은 시골에서 태어났다.

아버지는 근처 공장에서 일하는 생산직 노동자였다.

당시는 일부 부자들을 제외하면 다 경제적으로 어려운 상황이었다.

박주운의 상황도 마찬가지였다.

옷은 늘 물려 입었고, 계란 프라이 한 개를 초등학교 졸업할 때까지도 온전히 혼자 먹어 본 기억도 없었다.

어찌 되었건 꿈이라는 것은 당장 부족한 것을 해결하는 일에 치여 생각해 보지도 못했다.

그렇게 학교를 졸업하고 대학에 들어가고 나서야 넓은 세상을 보았다.

이진은 처음부터 넓은 세상을 보았다.

그러나 그 안에 든 좁고 은밀한 세상 하나하나는 알지 못했을 것이다.

그래서일까?

오늘 아이들이 말한 것들이 이진에게는 신선한 충격이었다.

그 어린 나이에 벌써 자기가 뭘 할까를 정하다니?

물론 그게 지속된다는 보장은 없지만 말이다.

경제적으로 풍족하기 때문일까, 아니면 안나의 교육 때문일까?

어쨌든 적어도 아이들은 이진과는 다른 어린 시절을 보내고 있었다.

할아버지 이유는 어떻게 이선이 가업을 이으려 할 거란 걸 알아차릴 수 있었을까?

게다가 대통령이라니?

둘째의 당찬 포부에 이진은 더 당혹스러웠다.

"아무래도 아이들을 따로따로 교육시켜야 하지 않을까요?"

"흠! 형제를 떼어 놓는 건 별로인데……. 원래 서로 비비고 살아야 하는 거야."

"회장님은 나랑 비비고 살잖아."

"그런 뜻이 아니라……. 메리하고 나하고도 어릴 때 그렇게 살았잖아."

"그렇긴 하지만……. 그렇다고 아이들이 원하지 않는 걸 억지로 시키고 싶진 않아요."

메리 앤은 엄마로서 자신의 의견을 솔직하게 이진에게 말했다.

"령이도 학교를 다니겠대?"

"아니요. 이미 고등학교 과정까지 수학 문제를 다 풀어 놨어요. 배울 게 없다고 학교 가지 않게 해 달라고 벌써 작년부터 부탁하더라고요."

"흠! 그것도 문제네. 선이는?"

"선이는 아빠가 겪은 과정을 그대로 따르고 싶대요."

"내가 겪은 과정?"

"예."

그것도 문제가 많았다.

이진은 초등학교 과정은 건너뛰었다.

가정교사를 통해 일부 과목을 배웠고, 곧바로 필립스 고등학교에 진학했다.

이어 옥스퍼드에서 경제학을 공부했다.

그걸 선이가 따르겠다는 걸 보면……

"나중에 테라를 직접 경영하는 게 꿈이래요."

"선이가?"

"예."

허.

기막힌 일이다.

자칫 나머지 둘이 회사의 경영권을 원하면 경영권 쟁탈전이라도 벌어질 일.

"령이는 오로지 수학하고 물리학, 그리고 과학에만 관심이 있고……."

"요는 대통령이 되고 싶대요. 한국 대통령이요. 이게 문제예요."

"국적 때문에?"

"예. 만약 미국 대통령이 목표이면 그냥 있으면 되는데……."

메리 앤은 마치 이미 둘째 요가 어느 나라든 대통령이 될 것을 전제로 말했다.

어쩔 수 없는 엄마의 마인드.

하지만 이진은 둘째의 장래 희망에는 찬성할 수 없었다.

딸은 이미 천재성이 증명이 되었다.

그리고 가지고 있는 특허 권리만으로도 충분히 경제적인 어려움 없이 원하는 일을 하면서 살아 나갈 수 있다.

그러나 둘째 요는 아니다.

맨땅에서 출발해야 하고, 진흙탕이나 다름없는 막장 싸움판에서 살아남아야 한다.

셋째 역시 마찬가지.

이진은 테라를 그냥 아들이란 이유로 물려줄 생각은 추호도 없었다.

그런 생각이 들고 나자 역시 안나의 견해가 옳다는 생각이 들었다.

어디로 가라고 강요할 수는 없다.

그러나 원하는 것은 해 주어야 한다.

선택의 기회, 그리고 그 길로 갈 수 있도록 배려해 주는 것이 부모가 할 수 있는 전부란 생각이 들었다.
"그럼 안나 말대로 해야겠네?"
"아이들을 떨어뜨려 놓자고요?"
"어쩔 수 없잖아. 우리 좋자고 무조건 같이 살자고 할 수는 없으니까. 기회는 줘야지."
"……"
메리 앤은 아무 말도 하지 않았다.
그러더니 금방 눈물을 뚝뚝 흘린다.
이진은 가만히 다가가 메리 앤의 어깨를 끌어당겨 안았다.
"이렇게 하는 건 어때?"
"어떻게……."
"우리도 처음에 공동생활을 늦게 해서 당황스러웠잖아."
"그야 그랬지만……."
"어차피 사회성이란 건 누구나 필요한 거야. 초등학교만 함께 다니면 그 후로는 원하는 길을 가도록 돕겠다고 하면……."
이진이 절충안을 내놓았다.
메리 앤이 머리를 들어 이진을 바라보며 말했다.
"령이하고 선이가 그런다고 할까?"
"싫다고 해도 조건을 붙여야지. 거래는 일방적일 수 없는 거잖아."

제6장

자식 이기는 부모 없다

재벌집 망나니
7대독자

 며칠이 지난 후, 이진의 제안을 메리 앤이 아이들에게 전달했다.

 반응은 제각각이었다.

 딸 이령은 즉시 반대, 둘째 이요는 대찬성, 셋째 이선은 보류.

 그러나 한국에서 초등학교를 가지 않으면 가족들이랑 떨어져 지내야 한다는 말에 딸 이령도 결국은 마지못해 찬성을 했다.

 곧 학교 선정에 들어갔다.

 가장 가까운 곳은 국립 초등학교인 성도초등학교였다.

 하지만 국립 초등학교를 보내기에는 여러 가지 해결해

야 할 문제가 많았다.

결국 이진과 메리 앤은 강남의 사립 초등학교에 아이들을 보내기로 결정을 내렸다.

메리 앤이 꼼꼼히 챙겨 본 후 결국 경회초등학교가 최종 낙점되었다.

설 연휴를 보낸 2월 24일, 메리 앤이 서류를 잔뜩 가지고 회사로 나왔다.

이진은 한참 동안 일본 문제를 논의하다가 메리 앤을 맞았다.

"바빠요?"

"아니."

"바쁘면서."

"좀! 근데 웬일이야?"

"왜긴! 아이들 학교 정해 왔어요."

"그래?"

이진은 얼른 메리 앤의 손을 잡아 소파에 앉혔다.

총무팀장이 오민영과 함께 인사를 하고는 슬그머니 물러났다.

"D4-3 비자로 입학이 허가됐어요."

"D4-3이면 유학 비자네?"

"예. 그것밖에 방법이 없어요."

"학교에선 뭐래?"

"대환영이라네요. 당장 오늘 교장 샘이 당신 만나 보겠다는 걸 억지로 말렸어요."

"그러자고 하지."

이진은 능청스럽게 대답했다.

메리 앤이 가장 먼저 느는 것은 한국말.

선생님이라고 하지 않고 샘이라고 먼저 말한다.

벌써 다른 학부모들을 만나 물든 모양이었다.

이진은 서류 하나하나를 꼼꼼하게 점검했다.

사실 한국의 초등학교에 대해 잘 알고 있다고 할 수는 없었다.

도시락 싸서 국민학교를 다니던 시대와는 달라져도 많이 달라졌다.

먼저 눈에 들어온 것은 등록금이었다.

한 해 등록금이 1천만 원이 넘는다.

셋이 합해서 대략 3천3백만 원.

"허!"

"왜요?"

"아니. 초등학교는 의무 교육인데 등록금이 비싸네?"

"뭐라고요? 지금 돈 아깝다는 말이에요?"

"하여간 있는 놈들이 더하다고 하려고 했지?"

"풋!"

이진의 선제 방어에 메리 앤이 입을 가리며 웃었다.

그러더니 자신의 생각을 말한다.
"사실 나도 등록금 이야기 듣고 좀 놀랐어요. 당연히 한 푼도 안 내는 줄 알았거든요."
그랬을 것이다.
메리 앤이 한국으로 넘어와서 가장 괜찮다고 생각한 것 중 하나가 의무 교육 비율과 의료보험이었다.
미국은 오바마 케어가 자리를 잡으려면 상당히 시간이 걸릴 것으로 보였다.
미국 내 의료비용은 가계의 큰 부담이다.
그런 면에서 볼 때 한국의 의료보험 체계는 상당히 빠른 기간 안에 정착한 케이스였다.
물론 자금 고갈이란 위험을 늘 안고 가고 있긴 했지만 말이다.
"그냥 평택 쪽 우리 초등학교로 보낼 걸 그랬나?"
메리 앤이 씁쓸한 말을 꺼냈다.
평택 전자단지 연구소 주변으로 데라에서 세운 초, 중, 고등학교가 모두 집결해 있었다.
이진과 메리 앤도 거길 고려해 보지 않은 건 아니다.
그러나 만약 그곳에 보낸다면 여러 가지 문제가 드러날 것이 뻔했다.
임직원 자녀들과 아이들이 섞인다면 차별(?) 대우를 받을 가능성이 컸다.

이진과 메리 앤은 아이들이 가능하면 보편적이고 공평한 대접을 받으며 학교에 다니기를 바랐다.

그런 관점에서 테라가 설립한 학교들은 일찍이 배제되었다.

회장 자녀들과 일반 직원들의 자녀들이 섞이면 일단 학교 교사들부터 곤란할 것이 확실했다.

"다른 특별한 것은 없고?"

"교장 선생님이 입학식 날 회장님이 상견례에 꼭 와 주셨으면 좋겠대요."

"왜?"

왜냐고 묻는 이진에게 메리 앤이 눈을 흘기며 대답했다.

"보통 그날 빠짐없이 모인대요."

"내 생각에는 학교 발전 기금 내라는 말로 들리는데?"

"그건 이미 냈어요."

"근데 왜?"

"글쎄요."

"그럼 그렇게 하자."

메리 앤이 이미 학교 발전 기금까지 쾌척한 모양이다.

하기야 메리 앤의 한국 생활도 이제 8년 차.

아마 몸이 달아 이것저것 수소문했을 것이 분명했다.

그리고 한국에서 자란 문소영이 많은 도움을 주었을 것이다.

어쨌든 이진은 아이들 입학식에는 빠질 생각이 없었다.
"령이는 어떻게 하죠?"
딸 이령은 한국에서 초등학교를 다녀야 한다는 것을 받아들였지만 여전히 토라진 상태였다.
자신의 뜻이 받아들여지지 않아서 그런 것인지, 아니면 원하는 공부를 하지 못하게 되어서 그런 것인지는 알 수 없었다.
"다니다 보면 아이들과도 어울리고 그러겠지. 정 안 되겠다 싶으면 홈스쿨링으로 바꾸고."
"아무튼 3월 2일 일정 비워 놓으라고 오 비서에게 이야기했어요."
"이거 섭섭한데? 내가 설마 자식들 초등학교 입학식에도 안 갈까 봐 그러는 거야?"
"그거야 모르죠. 어쨌든 다음 주 월요일이니까 기억해 놔요."
메리 앤이 엄포를 놓고 집으로 돌아갔다.

막상 3월 2일이 되니 정말 시간을 내기가 쉽지 않았다.
입학식 3일 전 일본에서 연락이 왔다.
일왕이 이진과의 면담을 신청한 것이다.

이어 오바마와 시진핀도 연이어 이진과의 면담을 요청했다.

와타나베 다카기는 그것이 아베의 막후 외교의 결과라는 평을 내렸다.

이진의 생각도 그랬다.

이제 테라가 감행한 일본 금수 조치가 일본 국민들 피부에 점점 느껴질 시기였다.

일본 매스컴 여기저기에서 볼멘소리가 터져 나오기도 했다.

극우 세력들은 테라가 사실은 조센징의 소유이고 그래서 일본에 적대적이라는 망언을 서슴지 않았다.

그럼에도 후지 고오에로부터의 직접적인 접촉은 일왕 면담 요청이 전부였다.

이진은 아이들의 초등학교 입학을 핑계로 이 모든 면담을 거부했다.

입학식 당일.

성북동은 새벽부터 요란했다.

심지어 메이드들까지 모두 상기된 표정들이었다.

삼둥이는 메이드들에게도 인기가 많았다.

젊은 사람은 누나나 오빠, 그리고 나이가 좀 든 사람에게는 이모나 삼촌이란 호칭을 썼다.

그래서인지 모두들 제 자식 첫 학교 가는 날처럼 들떠 있

자식 이기는 부모 없다 • 255

었다.

 이른 아침 식사가 끝이 나자 이진의 경호실장 마이크가 들어왔다.

 "회장님! 도련님 분들과 아가씨의 경호는 문 실장이 맡았는데……."

 "무슨 문제 있어요?"

 "예. 경호가 너무 부실합니다. 일단 학교 내에 들어가면 어떤 보호도 받지 못하는 것이나 마찬가지라……."

 "아… 그럼 학교 안으로는 경호 인력이 들어가지 못한다는 말인가요?"

 "그건 모르겠습니다. 하지만 문 실장 말에 따르자면 수업 시간 동안은 경호 인력이 배치가 안 되는 것으로……."

 이진은 마이크의 우려를 정확히 파악할 수 있었다.

 마이크는 미 비밀 경호국 출신이다 보니 대통령의 가족들이 어떻게 보호되는지에 대해서 잘 알고 있었다.

 이진도 대략적인 설명을 들었었다.

 전 세계에서 가장 강대한 나라인 미국 대통령과 그의 가족들에 대한 경호.

 철저하고도 엄밀했다.

 그리고 시간이 흐르면서 여러 가지 문제점도 드러냈다.

 자녀 경호에 특히 문제가 많았다.

 첫 번째 조언자는 책을 쓴 브래드 멜처로, 대통령의 2세들이 엄청난 중압감과 스트레스로 정상적인 생활을 영위하지 못한다고 썼다.

사실이 그랬다.

외부적인 압박도 많다.

빌 클린턴 전 대통령의 딸 첼시가 스탠퍼드에 남자 친구와 나타나자 난리가 났었다.

이진도 들은 바가 있다.

가장 난리가 난 곳은 첼시의 남자 친구의 고향인 텍사스의 우드랜드였다.

포드의 딸 수전은 경호원과 사귀어서 난리가 났었고, 케네디 2세는 변호사 시험에 두 번이나 떨어져 뉴욕 포스트 메인을 장식했었다.

카터의 딸 에이미는 저녁 식사 시간에 오가는 정치 이야기를 듣지 않고 혼자 책을 읽는다는 기사가 나는 바람에 예의 없는 행동을 한다고 여론의 질타를 받았다.

심지어 로널드 레이건의 딸 페티 데이비스는 아버지에 대한 반항으로 플레이보이 잡지에 누드모델로 나선 적도 있었다.

물론 이진은 미국 대통령은 아니었다.

그러나 지금은 미국 대통령보다 더하면 더했지, 못하지는 않았다.

경호에 대한 우려는 곧 자식들에 대한 우려로 번졌다.

"그럼 마이크 생각에는 어떻게 하면 좋을 것 같아요?"

"학교에 상주하는 경호 인력이 반드시 있어야 합니다. 몇 번이나 문 실장에게 말했는데도……."

"흠! 그럼 오늘은 일단 예정대로 하고, 오후에 논의해 보죠."

"예, 회장님!"

마이크가 물러간 후 이진도 옷을 입고 밖으로 나갔다.

둘째 이요는 벌써 다 차려입고는 신이 나는지 정원에서 펄쩍펄쩍 뛰고 있었다.

전칠삼과 오시영도 와 있었다.

"경하 드립니다."

"뭐, 경하까지는……. 이렇게 오시지 않아도 되는데……."

"어인 말씀을요. 제가 소식을 전해 듣고 다 손을 써 두었습니다."

"무슨 손을요?"

전칠삼이 손을 썼다며 웃는다.

뭔 짓을 한 것일까?

대답은 오시영이 했다.

"이자가 경회초등학교 경비 위탁 업체를 인수했습니다. 그리고 근무자를 우리 사람으로 배치해 두었습니다."

"아!"

이진은 크게 기뻤고 반가웠다.

이진이 차마 신경 쓰지 못한, 방금 마이크가 말한 내용을 전칠삼이 미리 해결해 둔 것이나 다름없었다.

"고마워요."

"어인 말씀을요. 4명의 우리 전문가가 교내에서 공주마마와 왕자마마를 상시 경호할 것입니다."

"공주와 왕자마마란 호칭은 문제를 일으킬 수 있다고 내 그리 일렀건만?"

"뭐 어떤가? 여기 누가 있다고?"

오시영의 핀잔 아닌 핀잔에도 전칠삼은 기분이 좋아 보였다.

다시 이진을 향해 웃으며 말했다.

"과거 시강원에는 20명이 넘는 전담 스승이 있었다고 합니다. 그리하셔도 될 터인데 이리 백성들과 어울리도록 초라한 학교를 보내시니 그 은혜가……"

"힘! 신경 써 주셔서 고마워요. 마침 그 문제로 좀 골치가 아팠거든요."

이진은 눈시울을 붉히는 전칠삼에게 진심으로 감사했다.

이번 초등학교 입학에 대한 해석도 무조건 이진의 입장으로 이해해 준다.

그런 무조건적인 지지가 그저 고마울 따름이었다.

곧 마지못한 표정으로 딸 이령과 막내 이선이 나왔다.

이진은 메리 앤과 함께 경회초등학교로 향했다.

❖ ❖ ❖

초등학교 주차장에는 고급 승용차가 빼곡했다.

메리 앤의 말에 따르자면 엄선한 유명 인사들의 자제들이 이 학교에 다닌다더니 정말 그런 모양이었다.

그러나 그런 유명 인사들 자녀의 입학은 오늘 큰 관심사가 아니었다.

모든 방송사를 포함한 언론이 총출동해 진을 치고 있었다.

미리 계획한 대로 이진이 먼저 스포트라이트를 받는 동안 아이들은 메리 앤과 함께 교내로 들어갔다.

"항간에서는 일본 길들이기라고 국민들이 통쾌해하는데, 회장님 생각은 어떠십니까?"

"어디까지나 비즈니스일 뿐입니다. 전 누굴 길들이고 할 입장이 아닙니다. 더구나 제가 어떻게 1억 일본 국민들을 감히?"

일본 금수 조치에 대한 질문이 나오자 이진은 최대한 몸을 낮추며 엄살을 떨었다.

"중재에 나선 오바마 대통령과 시진핀 주석의 면담 요청을 거부하셨다고 하던데 정말이십니까?"

"거부라니요? 제가 어떻게 세계 최강대국의 지도자분들과의 만남을 거부하겠습니까? 단지 아이들 입학식도 있고 해서 일정을 조정하고 있습니다."

"그 말씀은 자녀분들 초등학교 입학이 현재 진행되고 있는 테라발 경제 위기보다 더 중요하단 말씀이신가요?"

오민영이 바짝 입술을 가져다 댔다.

"조민일보 기자입니다. 평소 우리에 대해 악감정을 가진 놈입니다."

오민영의 말에 이진은 웃어야 했다.

기사를 많이 쓴 모양.

그리고 그 기사가 오민영의 심기를 건드린 것으로 보였다.

평소에 C나 8과는 담 쌓고 사는 오민영의 입에서 놈이란 단어가 나오니 말이다.

그러나 이진은 들어 본 적이 없는 언론사였다.

이진이 대답했다.

"그럼 아빠에게 아이들 입학이 큰일이지, 경제 위기가 큰일인가요?"

"그 말씀을 대 일본 금수 조치 때문에 피해를 보고 있는 많은 학부모들이 들으면 뭐라고 할지 궁금하네요."

"궁금하면 가서 물어보세요. 정말 기자님이 말씀하시는 고통받는 학부모들이 있기나 한 건가요?"

이진의 대답에 다른 기자가 얼른 다른 질문을 했다.

한동안 대외 활동을 안 해서인지 기자들은 쉽게 물러날 것 같아 보이지 않았다.

"알려지기로 테라는 개별 맞춤형 교육을 한다고 들었는

데, 이번에 자녀분들을 초등학교에 입학시킨 특별한 이유라도 있으신지요?"

"혹시 자녀분들 국적을 한국으로 바꾸실 생각이십니까?"

질문이 이어졌다.

이진이 질문에 대답하려는 찰나, 학교 안에서 신호가 왔다.

아이들이 전부 들어간 모양.

이진은 짧게 대답했다.

"그 질문에 대한 대답은 다음으로 미뤄야겠네요. 우리 아이들이 한국 사람이란 것에는 변함이 없습니다."

이진은 알듯 말듯 한 말을 하고는 곧 학교로 들어갔다.

메리 앤은 이미 교장 선생님을 비롯한 교직원들과 인사를 나눈 모양이었다.

이진이 다가서자 초로의 신사가 황급히 다가왔다.

"반갑습니다. 경희재단 이사장 조창건입니다."

"아! 안녕하세요. 이진입니다."

이진은 교장 선생님인 줄 알고 인사를 하다가 잠시 당황했다.

학교 재단 이사장인 모양.

아무튼 재단 임원들뿐만 아니라 교직원 전체가 이진을

기다리고 있었다.

모두 인사를 하고 난 후 메리 앤이 한 여자를 소개했다.

"이분은 학부모회 회장님이세요. 두영그룹 셋째 며느님이세요."

"아! 반갑습니다. 이진입니다."

"세상에……. 테라 회장님 자녀들이 우리 경회초등학교에 입학할 줄은 몰랐어요. 정말 영광입니다. 많은 지도 편달 부탁드려요."

"잘 부탁드립니다."

인사말이 장황했지만 그럼에도 이진은 깍듯하게 인사를 했다.

메리 앤은 만족스러운 모양이었다.

강당에서 입학식이 예정되어 있었다.

안으로 들어가자 전교생이 모두 착석한 가운데 신입생 병아리들은 가장 앞줄에 앉아 있었다.

의자가 마련되어 있다고 했지만 이진은 메리 앤과 다른 학부모들처럼 뒤에 서서 지켜보기로 했다.

신입생 수는 고작해야 50명이 채 되지 않아 보였다.

예전에 박주운이 국민학교로 불리던 초등학교에 다닐 때에는 한 반에만 거의 60명이 있었다.

지금은 한 반이 15명에 한 학년이 50명 수준.

곧 입학식 행사가 시작되었다.

국민의례가 시작되자 제법 의젓하게 가슴에 손을 얹는 삼둥이다.

그러면서도 셋째 이선은 힐끗힐끗 뒤를 돌아본다.

둘째 이요는 벌써 옆에 있는 아이에게 말을 걸고 있었다.

딸 이령만이 꼿꼿하게 선 채 누나로서의 면모를 과시하고 있었다.

국민의례가 끝이 나자 곧 내빈 인사가 시작되었다.

그런데 재단 이사장의 환영사가 시작되었다.

"모두 자랑스러운 경회초등학교의 학생으로서 꼭 국가와 민족이 필요로 하는 인재로 성장할 것을 믿어 의심치……."

바로 그 순간, 돌연 둘째 이요가 손을 번쩍 들었다.

"어머나, 어떡해?"

메리 앤이 당황해 이진을 바라본다.

이진도 내심 당황하지 않을 수 없었다.

질문을 할 자리가 아닌데 나서는 것이다.

"험! 벌써 질문을 하고 싶은 우리 신입생이 있는 모양입니다. 하지만 이 자리는 질문을 받는 자리가 아니라 다음에 받겠습니다."

"와하하하!"

"호호호!"

여기저기서 웃음소리가 터져 나왔다.

딸 이령이 둘째 이요를 툭 건드리며 노려본다.

그러나 둘째 이요는 양손을 옆으로 펴며 '낫씽.'을 외치고 있었다.

당황한 가운데 이진도 하마터면 웃을 뻔했다.

다음은 교장 선생님의 훈시.

"모두가 사회에서 필요한 중요한 일꾼이 될 수 있도록……."

다시 손을 번쩍 드는 이요.

"끄응! 요가 궁금한 게 많은 모양이네."

"그런 게 아니라 불만이 많은 거겠죠."

"불만?"

이진의 말에 메리 앤이 불만이란 단어를 썼다.

조그만 녀석이 뭐가 불만이 많을까?

"늘 저래요. 뭔가 마음에 안 드는 구석이 있으면 손부터 든다니까? 안나도 매번 당황했어요."

"그래?"

그러나 학교에서는 손을 드는 것이 통하지 않았다.

교장 선생님 역시 당황한 표정을 지었지만 계속해서 훈시를 이어 나갔다.

이어서 학교 합창단의 환영 노래가 이어지고 나서야 대충 입학식 행사가 끝이 났다.

"학부모 모임이 있어요. 당신도 갈래요?"

"아니. 난 재단 이사장과 교장 선생님이나 만나고 갈게."

"육성회비 따로, 그다음에 학교 발전 기금 따로 다 냈어요. 더 내지 말아요."

"알겠어."

이럴 때는 메리 앤도 테라 유니버스 회장이 아니라 바가지 긁는 평범한 와이프로 보였다.

역시 재단 이사장이 차를 대접하겠다며 설레발을 쳤다.

이진은 곧바로 따라나섰다.

오민영이 뒤를 따랐다.

교장실로 들어가 자리에 앉자마자 어이없게도 둘째 이요가 젊은 여자의 손을 잡고 안으로 들어왔다.

"오! 인사드려요. 여기 테라의 이진 회장님이세요."

"안녕하세요. 정지민이라고 합니다. 이번에 아드님의 담임을 맡게 되었습니다."

"아! 반갑습니다, 선생님! 잘 부탁드립니다."

이진도 이때는 그저 평범한 학부형에 지나지 않았다.

본능적으로 담임선생님에게 잘 보여야겠다는 생각이 들었다.

담임인 정지민도 자리에 앉히는 재단 이사장.

교장과 이진도 함께 앉았다.

"정 선생! 아까 보니 우리 신입생이 궁금한 것이 있는 모양이던데?"

"아, 죄송합니다. 아직 물어보지 못했습니다."

"그래서야 쓰나? 학생이 궁금한 것이 있으면 즉시 그 궁금증을 풀어 줘야지요. 자! 그럼 이 자리에서 물어볼까? 아까 뭐가 궁금해서 손을 들었지?"

재단 이사장이 설레발을 쳤다.

혹시라도 이진의 아들이 무시당했다는 생각을 할까 봐 걱정하는 것이 분명했다.

둘째 이요가 아빠를 바라봤다.

이진은 가볍게 웃으며 고개를 끄덕였다.

"아까 이사장님이 말씀하시는 것 중에 궁금한 것이 있었어요."

"그게 뭘까?"

담임 정지민 선생님이 물었다.

"국가와 민족이 필요로 하는 인재가 되어야 한다고 말씀하셨거든요."

"아! 그 말뜻이 궁금하구나?"

"아니요. 그 말뜻은 알겠는데요. 국가와 민족이 필요로 하는 인재가 되어야 하는 게 아니라 인재에게 국가와 민족이 필요해야 하는 게 아닐까요?"

띠링.

이진도 이요의 말이 당혹스러웠다.

"그게 무슨 뜻이야?"

"국민에게 국가가 필요해야지요. 국가에게 필요한 국민이 된다는 것은 말이 안 되잖아요?"

헐.

이진은 제법 논리 정연한 아들 이요의 말에 내심 당혹스러우면서도 감명을 받았다.

아들이라서가 아니다.

늘 대한민국은 국민의 희생을 강요해 왔다.

국가에 필요한 인재가 되라고…….

국가를 위해 목숨을 바치라고, 혹은 국가를 위해 애국자가 되라고.

지금은 국가를 위해 자기 정당을 찍어 달라고?

말로는 국민의 뜻을 받든다는 정치인들은 사실 자기주장을 국민의 뜻으로 단언 짓는다.

그런 의미에서 아들 이요는 분명 정확한 지적을 한 것임이 분명했다.

"아! 그 말은 국가가 있어야 국민이 있다는 뜻이란다."

"국민이 있어야 국가도 있는 거죠. 어떻게 국가가 있어야 국민이 있어요?"

재단 이사장이 나섰다가 오히려 역공을 당했다.

메리 앤이나 안나를 툭하면 당황하게 만드는 둘째 이요가 만만할 리 없었다.

그때, 담임 정지민이 나섰다.

"그 궁금증에 대한 이야기는 담임선생님인 나하고 자세히 나눌까?"

"그럴까요?"

풋.

이진은 아들 이요의 반응에 하마터면 크게 웃을 뻔했다.

그리고 정지민 선생님에게 내심 감탄했다.

쉬운 것 같으면서도 어려운 일을 아주 유연하게 처리한다.

이요는 곧바로 담임 정지민의 손을 잡아끌었다.

정지민이 목례를 하고는 아들을 데리고 나갔다.

나가면서 역시 인사를 한 이요는 아빠에게는 혀를 널름 내밀고는 사라졌다.

"하하하! 아드님이 매우 영특하십니다."

"별말씀을요. 호기심이 많은 아이라……."

이진은 팔불출이 되지 않기 위해 애써야 했다.

그리고 이어 딸 이령으로 인해 선생님들이 당황할 것을 생각하자 웃음이 나오려 했다.

"다시 한 번 우리 학교를 선택해 주셔서 감사드립니다. 더구나 사모님께서 학교 발전 기금으로 많은 돈을 쾌척하셨습니다."

"아, 얼마나……?"

이진이 얼굴을 돌렸다.

그러자 뒤에 서 있던 오민영이 입술을 귀에 가져다 댔다.

"유니버스 회장님께서 10억 원을 기부하셨습니다."

"흠!"

이진은 고개를 끄덕였다.

지금 재단 이사장은 그 이야기를 하고 싶은 것이 분명했다.

테라 회장이다.

글로벌 최대 기업 회장의 자녀 셋이 입학을 했는데 기대했던 것보다 기부금이 적다고 말이다.

무슨 말을 하려고 차를 마시자고 했는지 답이 나오는데도 이진은 머뭇거려야 했다.

그러나 자식 이기는 부모는 없었다.

"오 비서가 아마 다시 찾아뵐 겁니다. 그때 학교에 필요하신 것이 있으시면 말씀하시면 최대한 돕겠습니다."

"아, 감사드립니다."

재단 이사장과 교장이 고개를 숙여 인사를 했다.

이진이 다시 오민영에게 물었다.

"그 김영란법 어떻게 됐어요?"

"예. 이번 달에 국회를 통과할 것으로 보입니다."

"그래요? 그럼 이번이 마지막 기회네. 여기 이사장님하고 교장 선생님들과 식사 한번 합시다. 김영란법 통과되기 전에 말이에요."

"예. 바로 준비하겠습니다."

오민영이 대답했다.

"뭐든 필요한 것이 있으시면 말씀하시지요. 자식들 맡긴 부모 입장에서 최선을 다하겠습니다."

"그렇게까지……. 감사드립니다."

"서두르셔야 합니다. 우리 테라는 법을 어기지는 않습니다. 무슨 뜻인지 아시지요? 하하하!"

"하하하! 그럼요. 역시 회장님이십니다."

"자, 그럼 저도 이만 학부모회에 좀……."

"아, 저희가 바쁘신 분을 너무 붙잡았습니다. 자녀분들 걱정은 하지 마십시오. 저희가 별도로……."

"이사장님!"

"예, 회장님!"

"전 아이들이 특별 대우 받기를 원하지 않습니다."

"무슨 뜻인지 알겠습니다."

무슨 뜻인지 정말 안 것일까?

이진은 인사를 하고는 교장실을 나섰다.

메리 앤 역시 학부모 모임을 끝낸 후였다.

일단 강남 사옥의 집무실로 함께 왔다.

"무슨 이야기했어요?"

"그냥……. 찬조금을 좀 더 내기로 했어. 선생님들하고 식사도 함께하기로 했고."

"내 그럴 줄 알았지."

"무슨 소리야?"

"처음에 입학 허가받을 때 재단 이사장을 만났어요. 문 실장님이 수표를 건네자 표정이 굳어지더라고요."

"좀 통이 작긴 했지?"

"통상적으로 많으면 1억이고 적으면 1천만 원 수준이라더라고요. 근데 왜 10억이 적어요?"

메리 앤은 더 내야 한다는 것이 억울한 모양이었다.

그것만 억울해서 저렇게 언성을 높일 리는 없었다.

"학부모회에서 뭐 다른 걸 요구해?"

"경회 큰 잔치라는 행사하고 그다음은 음악회, 다음은 체험 학습 이야기가 나왔는데 다 나만 쳐다봐."

"왜?"

"그러니까. 내 참! 내가 무슨 봉인가?"

"하하하!"

"이게 웃을 일이에요?"

"걱정 마. 뭘 해 주고 싶어도 얼마 못 갈 테니까."

"그게 무슨 소리예요?"

이진은 곧바로 김영란법에 대해 메리 앤에게 설명을 했다.

그걸 알기에 학부모회나 학교 재단 측에서 더 서두르는 것이 분명했다.

"그래서 그랬구나?"

"그러니까. 이제 한 달도 안 남았어. 이미 국회에서 통과되었을걸?"

부정 청탁 및 금품 등 수수의 금지에 관한 법률.

2015년 3월 27일 제정된 법안으로, 2012년 김영란 당시 국민권익위원회 위원장이 공직 사회 기강 확립을 위해 법안을 발의하였다.

여러 쟁점이 갈리며 시간을 끌던 김영란법은 3년 만에 부정 청탁 및 금품 등 수수의 금지에 관한 법률이란 이름을 달고 제정된다.

그러나 그 법은 이진의 생각에 엉성했다.

교사에게 꽃다발 선물조차 금지시키면서 정작 국회의원들은 그 대상에서 빠진 것이다.

"근데 그 법이 시행되려면 시간이 걸리는 거 아니에요?"

메리 앤이 묻자 이진은 화들짝 놀랐다.

맞다.

김영란법은 2015년 3월 국회 본회의를 통과했으나, 대한변호사협회와 기자협회 등에서 헌법 소원을 내면서 위헌 시비에도 휘말렸다.

그러다 헌법재판소가 2016년 7월 28일 법안에 합헌 판결을 내리면서 발의 4년여 만인 2016년 9월에야 시행되게 된다.

이진이 착각한 것이었다.

잠시 당황했지만 이진은 이게 더 좋은 기회가 아닐까 싶었다.

 법안이 헌법 소원에 휘말리는 동안 국회의원들도 포함시킨다면?

 그러려면 국회의원들이 얼마나 많은 비리와 청탁을 저지르는지 국민적 공분이 있어야 가능하다.

 딱 좋은 대상이 바로 황상진 의원.

 '이것도 기회가 되는 건가?'

 이진은 내심 미소를 지었다.

 "왜 웃어요?"

 "아니. 아무튼 내가 학교 교직원들하고 선생님들 모시고 식사 한번 하기로 했어."

 "그래 봐야······. 돈이 아까운 게 아니라 아이들이 차별 대우를 받을까 봐 걱정이에요."

 여기서 차별 대우는 말이 안 된다.

 특별 대우를 받을까 봐 메리 앤은 걱정하는 것이었다.

 "그건 내가 당부했어. 당신도 오랜만에 회사에서 점심 하지?"

 "애들 오늘 점심 안 먹고 끝나요."

 "그래? 그럼 다 같이 먹자."

 이진은 다 같이 회사 식당에서 점심을 먹기로 하고 오민영에게 알렸다.

점심시간은 금방 다가왔다.

삼둥이가 학교에서 출발했다는 소리가 들려오자 이진과 메리 앤은 황급히 밖으로 나가 대기했다.

차에서 내리는 삼둥이.

각각 표정들이 달랐다.

"바보!"

제일 먼저 내린 딸 이령이 둘째 이요에게 소리를 질렀다.

"왜?"

메리 앤이 황급히 다가갔다.

"헤헤헤! 나 반장 됐어. 엄마!"

"그, 그래?"

메리 앤은 반장이 되었다는 의미를 제대로 파악하지 못하는 것 같았다.

셋째 이선이 고개를 젓는다.

"뭔가 영양가 있는 일을 해야지, 반장을 왜 해?"

"반장이 어때서? 반 친구들 위해서 좋은 일 하는 거잖아."

이진이 나서서 둘째를 엄호했다.

"바보들 뒤치다꺼리나 하는 게 좋은 일은 아니지. 아빠는 그것도 몰라?"

"바보라니? 같은 반 아이들을 그렇게 말하면 못써."

이진이 막내 이선의 말을 바로잡았지만, 딱 봐도 별다른 소용이 없어 보였다.

자식 이기는 부모 없다 • 275

2층 식당으로 올라가자 소란이 일었다.

테라 사람들은 하나같이 삼둥이를 좋아했다.

그래서 보자마자 다가와 말을 건다.

"초등학교 갔다며?"

"예."

"좋겠다."

"좋으면 다시 다니시든가요?"

"뭐? 호호호! 학교가 마음에 안 들어?"

"당연하죠. 애들이 바보 같아요. 19단은 고사하고 구구단도 못 외워요. 그러니 방정식인들 알겠어요?"

이진과 메리 앤은 직원들과 이야기를 나누는 삼둥이를 유심히 살폈다.

이진도 이제는 아이들이 무언가 잘못을 하거나 혹은 생각이 잘못되었다고 해도 윽박질러서는 해결되는 것이 없다는 걸 잘 알고 있었다.

그래서 조심해야 했다.

이진도 박주운일 때는 그렇게 생각하지 못했다.

버릇없는 아이들을 방치하는 부모들을 보면 열부터 받았다.

물론 그 정도가 심한 부모들도 있다.

그러나 정말 아이들을 하나의 인격체로 대하는 부모라면 쉽게 야단을 치거나 호통을 치지는 못한다.

아마도 자식 이기는 부모 없다는 말은 그래서 나왔을 것이란 생각이 들 정도였다.

뷔페 음식을 접시에 각자 담아 자리에 앉자 삼둥이의 방문으로 인한 소란은 가라앉았다.

직원들 역시 가족들을 점심 식사에 초대할 수 있었기에 힐끔거리긴 했지만 관심이 돌려졌다.

"반장이 왜 나빠?"

메리 앤이 포문을 열었다.

저럴 때 보면 여느 한국 엄마가 분명하다.

"그럼 좋은 건 뭔데?"

대답이 아닌 질문을 막내 이선이 한다.

"그러니까 묻는 거지. 장단점이 있을 거 아니야."

"장점은… 애들한테 이거저거 시키는 거. 그걸 장점이라고 해야 해?"

"그렇게 생각할 만한 것은 아니지. 미리 사회적으로 다른 사람들과 소통하는 법을 배우는 거잖아."

"바로 그거야, 엄마! 그래서 내가 반장 할 사람 손들라고 해서 바로 들었어."

"쟤 혼자 들었어. 나 같으면 그 시간에 수학 문제나 혼자 풀겠다."

마지막은 딸 이령이 장식했다.

메리 앤이 당황한 표정으로 이진을 바라봤다.

어쩌면 좋으냐고 묻는 것이다.

"령이는 수학 문제는 왜 풀어?"

"그야… 궁금하니까 풀지. 아빠는 안 궁금해?"

"그런 것처럼 사람마다 다 궁금한 게 다른 거야."

"……."

이진의 말에 딸이 이례적으로 대답을 하지 못했다.

"한 방면에서 뛰어난 사람이 있으면 다른 면에서 뛰어난 사람이 있는 거야. 그러니까 다른 사람이 중요하다고 생각하는 걸 무조건 무시하면 안 돼."

"그래. 그러니까 사람은 각자 잘하는 걸 열심히 하면 되는 거야."

"그럼 난 수학이나 물리학을 잘하는데 왜 애들하고 빼기 더하기나 해야 해?"

엄마의 질문이 화를 키웠다.

이럴 땐 수많은 일들을 합리적인 방향으로 이끌어 내던 메리 앤의 의사 결정 능력도 소용이 없었다.

6년만 함께 어울려 공부하기를 원했지만 쉽지 않을 것 같았다.

이미 고등 수학을 자유자재로 풀어내는 딸에게 더하기나 배우라고 하는 것은 분명 욕심이 아닐 수 없었다.

"그럼 령이는 여전히 학교에 다니기 싫어?"

"응. 나 그 시간에 수학 문제 풀고 싶어."

"겨우 하루 다녔는데 벌써 그런 판단이 나와?"

"응."

딸의 대답은 단호했다.

그러나 그걸 해결할 방법은 한국에 없다.

미국 대학의 경우 능력에 따라 입학은 아니더라도 청강을 자유롭게 할 수 있는데 반해 한국 대학은 그렇게 할 수가 없었다.

분명 특혜라고 떠들어 대며 비난 여론이 일 것이 분명했다.

"요는?"

"난 좋아. 친구들하고 놀고 싶어."

"그럼 선이는?"

"일단 뭘 얼마나 얻을 수 있는지 알아볼 필요는 있다고 생각해."

'헐!'

이진도 메리 앤처럼 기가 막혔다.

그러나 입을 다물고 있을 수는 없었다.

"그럼 한 달만 한번 다녀 보자. 그러고도 정 맞지 않고 다니고 싶지 않다면 다른 곳에서 배워 보는 걸 선택하자. 어때?"

이진의 제안에 메리 앤이 아이들을 번갈아 바라봤다.

"응."

"예."

"알겠어."

셋 다 같은 대답이 나왔다.

정말 자식 이기는 부모는 없었다.

이진은 결국 삼둥이 초등학교 입학식 날 다른 제안을 하고 말았다.

점심을 먹고 차를 마시는 사이, 아이들은 식당을 돌아다니며 직원들과 아는 체를 했다.

저런 걸 보면 딸 이령도 사회성이 부족한 것은 아니었다.

둘째가 가장 활발하다.

심지어 여직원들에게 다가가 고민 상담까지 한다.

셋째는 딱 자기 궁금한 것만 직원들에게 묻는다.

주로 금융 상품이 어떻게 운용되는지 시스템에 대해 묻고는 실제는 어떤지 따져 본다.

대부분의 직원들이 막힘없이 답변을 했지만, 이진이 보기에 막내 이선이 그걸 모른다기보다는 실질적인 금융 시장의 상황을 확인하는 차원임이 분명해 보였다.

그렇다고 둘째가 딸이나 막내에 비해 지적 능력이 부족한 것도 아니다.

하지만 둘째는 분명 모든 것을 다른 사람들의 눈높이에 맞추고 있었다.

"정말 한 달 후에도 령이가 원하면 학교 그만 다니게 할 거예요?"

"그래야지. 령이에게 맞고 좋아하는 걸 하게 해 줘야지."

"그래도 난 걱정돼."

"뭐가?"

"애들이 혹시 삐뚤어지지나 않을까……."

메리 앤은 사회성을 걱정하고 있었다.

이진도, 메리 앤도 안나에게서 사회성에 대한 교육을 받았다.

전문 분야는 초빙 교수, 그러나 그걸 정리하는 것은 늘 안나였다.

무엇이 먼저인가를 가르치지 않았다.

무엇이 모두에게 도움을 주는가를 가르쳤다.

그리고 누구에게는 도움이 되고 누구에게는 해가 된다면 그걸 어떻게 선택해야 하는가를 가르쳤다.

지금 볼 때 그런 교육 방식에 가장 적합한 아이는 단연 막내 이선이었다.

막내가 후계자로 적합하다.

그런 생각이 들자 이진은 스스로 화들짝 놀라야 했다.

"당신도 그 생각했죠. 선이가 경영에 맞는다고. 맞죠?"

"그렇다고 해도 능력이 안 되는데 물려주는 일은 없어. 지금까지는 한 명이었지만 이젠 셋이야. 셋 모두 안 맞는다면 테라는 누구에게도 못 물려줘."

메리 앤의 지레짐작에 뜨끔했지만 이진은 단호하게 대답했다.

메리 앤의 얼굴에 섭섭함이 스쳐 지나갔다.
알면서도 엄마는 그랬다.
그러니 이진 역시 마찬가지였다.

 2015년 3월 말이 되자 황상진 국회 법사위원장에 대한 정보들이 쏟아져 들어왔다.
 황상진 의원 본인의 비리나 축재는 비교적 잘 감추어져 있었다.
 그리고 그 정도가 약해 치명타를 안기기에는 부족했다.
"이거 외에 다른 재산은 없단 말이에요?"
"현재 재산 공개 내역은 대략 한 100억 정도 상회하는 수준입니다. 물론 비밀리에 해외 자산이 있다는 걸 확인했습니다만, 증명할 방법이 없습니다."
"얼마나요?"
"대략 300억이 넘는 수준입니다. 그런데 형성 과정도 불투명하고 또 명의자가……."
"조세 피난처에 타인 명의로 들어가 있다?"
"예."
"황성건설은요?"
 황상진 의원의 경제적 배경이 바로 황성건설이다.

초선 때 황성건설 회장에서 물러났지만 여전히 대주주.

"실질적인 경영권을 행사하는 것 같습니다. 현재 회장은 공석으로 두고 있고, 장남 황영철이 사장을 맡고 있습니다."

"황영철이?"

"예. 전에 미국에서……. 송구합니다."

와타나베 다카기가 보고를 하다가 사과를 하며 입을 다물었다.

이진이 뉴욕의 개망나니로 불리던 시절을 지적한 것이다.

그때 황영철의 면상을 한 대 갈긴 적이 있었다.

그 이후로 제 아버지를 만나는 자리에서 한 번 본 게 전부.

그런데 지금은 황성건설 사장인 모양이었다.

능력이 된다면 축하해 줄 일이지만, 예전 같다면 그저 아들이라 그 자리에 앉힌 것.

이진은 인터폰을 눌렀다.

오민영이 안으로 들어왔다.

"부르셨습니까, 회장님!"

"예. 송서찬 아시죠?"

"예, 물론입니다. 회장님! 현재 한영 엔터테인먼트 이사로 재직 중입니다."

한영 엔터테인먼트는 이진이 송서찬에게 주선한 영화 사업을 위해 설립된 회사다.

한동안 테라 방송국에서 차진영을 보조하며 실무를 배

운 후 옮겨 간 모양.

안나가 허락한 것이 분명했다.

그렇다면 송서찬이 안나의 눈에 들었다는 뜻.

"현재 영화 제작과 더불어 소속 연예인들을 직접적으로 관리하며 영역을 확대하고 있습니다. 최근에는……."

오민영의 입에서 송서찬에 대한 정보가 주르륵 흘러나왔다.

와타나베 다카기가 슬그머니 놀란다.

오민영은 한국에 와서 이진과 메리 앤이 선택한 가장 훌륭한 인선이라 해도 과언이 아니었다.

"서찬이 좀 들어오라고 해요."

"예, 회장님!"

오민영이 설명을 다 끝내지 못한 채 얼굴을 붉히며 나갔다.

아마 정보를 들으려고 불렀다고 여긴 모양이었다.

"참 똑똑한 직원입니다."

"그렇죠? 덕분에 메리의 빈자리를 그나마 덜 느꼈어요."

"하하하! 하지만 절대 유니버스 회장님에 비할 바는 아닐 겁니다."

와타나베 다카기가 메리 앤을 치켜세웠다.

요즘은 유니버스 사업도 이사회에 맡겨 둔 채 아이들 일에만 신경 쓴다.

그런 메리 앤이 늘 고마웠다.

와타나베 다카기가 물러나고 한 시간 정도 지난 후, 오민영이 송서찬의 도착을 알렸다.

이진은 일어나 맞았다.

"어서 와. 정말 오랜만이지?"

"회장님!"

"자식, 회장님은. 요즘 바쁘다며?"

이진이 어깨를 덥석 잡고 흔들며 긴장을 풀어 준 다음에야 송서찬은 비로소 편하게 이진에게 대답했다.

"영화 둘 하고 가수 두 팀을 키우거든."

"그래? 언제 나도 촬영하는 거 구경 좀 가야겠다."

"테라 회장님이 한번 행차를 해 주시면 큰 힘이 될걸?"

송서찬이 웃으며 대답했다.

이진은 잠시 망설였다.

친구 사이인데 다짜고짜 용건부터 질러 버리기 좀 미안했다.

"어르신은 어떻게 지내셔?"

"이제 연로하셔서……. 편히 쉬셔. 경영 욕심은 이제 포기하신 것 같아."

"누님은?"

"누나는 외국에 나가 있어."

"아! 내 원망 많이 하지?"

송인규 전 한영 회장에 이어 송미나에 대해 이진이 물었다.

아버지 송인규 사장과 함께 물러나게 되면서 많이도 원망을 했었다.

이후는 모두 안나가 관리를 했기에 이진은 어떻게 지내는지를 몰랐다.

"뉴욕에 가 있어. 백화점에 브랜드 하나를 론칭해서……."

송서찬의 대답은 떨떠름했다.

그럴 만도 했다.

디자인 전공도 아닌 송미나가 백화점에 패션 브랜드라니?

아마도 송인규 전 회장이 매장을 사도록 돈을 준 모양이었다.

어찌 되었건 미안한 마음에 이진은 화제를 돌려야 했다.

"혹시 요즘도 황영철 만나?"

"가끔. 그때 멤버들 다 한국에 들어와 있어. 그래서 서너 달에 한 번씩 만나는 모양이야."

"이민지도?"

"가끔 오는 모양이더라. 한데 요즘은 완전히 예전하고는 판도가 바뀌었어."

"그게 무슨 말이야?"

"이경환 알지?"

"아! 천성그룹?"

"응. 성산은 없어졌지만 천성은 그대로잖아. 요즘은 경환이가 민지한테도 상전 노릇 해."

"그래?"

의외였다.

성산의 이만식 회장이 건재할 때 이경환은 그저 이민지의 하인이나 다름없었다.

자리는 함께해도 레벨이 달랐던 것.

그런데 이제는 그 반대가 된 모양이었다.

문득 유치하다는 생각이 들었다.

"황영철은 결혼 안 한대?"

"누구랑?"

"민지랑 사귀었잖아."

"아, 성산 무너지면서 바로 바이바이 하더라."

송서찬은 황영철에 대한 악감정을 여과 없이 드러냈다.

"민지는 요즘 뭐 하는데?"

"잠깐 이리저리 흔들리다가 요즘은 천성에 다니는 모양이야."

"천성?"

"응. 천성 주력이 부동산이잖아. 거기 무슨 팀장이라더라."

"아… 걔가 돈이 필요한 건 아닐 텐데?"

아마 제 아버지 그룹 회사에 취직을 한 모양이었다.

의외였다.

아무리 망했다고 해도 성산 일가인 천성에 남은 재산은 상당했다.

그러니 평생 놀고먹기에는 부족하지 않을 텐데?

"아무튼 황영철 개 민지랑 헤어지고 나서 많이 달라지긴 했어."

"달라지다니?"

이진은 씽긋 웃으며 물었다.

"아마 아버지 강요에 의해 민지랑 헤어졌나 봐. 그러고 나서 완전히 새사람 됐다는 소문이야."

"네가 보기에도 그래?"

"달라지긴 했어. 약도 안 하는 것 같고, 술도 정도껏 마셔. 불필요한 말도 거의 안 하는 편이고."

송서찬은 그렇게 말했지만 이진은 믿지 않았다.

개가 똥을 끊지…….

제7장

탐욕의 끝 (1)

재벌집 망나니
7대독자

"황영철 동생도 있지 않나?"

"있지. 여동생 둘. 시연이는 너도 봤을 테고, 그 밑의 하연이는 못 봤겠다."

"내가 봤다고?"

"예전에 LA에 있는 고등학교에 입학한 적이 있었잖아. 그때 뉴욕에 한 번 놀러 왔었어."

이진은 기억에 없는 일이었다.

사실 그랬다고 하더라도 이진이 그걸 일부러 기억하고 있을 리는 없었다.

어쨌든 뉴욕에 한 번 놀러 왔던 모양.

"지금은 뭐 하는데?"

"글쎄… 나도 그건 잘……. 아무튼 그때 너 좋다고 까놓고 말했었는데?"

"황시연이?"

"응! 용감했지."

흠.

이건 무슨 개 풀 뜯어먹는 소리인지.

아무튼 그런 적이 있는 모양이다.

와타나베 다카기가 황상진 의원을 조사했는데 재산을 해외에 은닉한 것을 제외하면 특별한 문제가 나오지 않았다.

그건 황상진 의원이 후지 고오에와의 관계를 잘 숨기면서 재산 역시 잘 은닉했다는 얘기다.

그러나 이진이 생각할 때 한국 국회의원 중 위선자 아닌 자가 없었다.

더구나 일본에 붙어먹은 황상진 의원이라면야…….

자신들의 신념을 위해 국민의 권리와 재산을 담보로 삼는 자들.

그런 자들이 정치인이다.

"그 밑의 동생은 지금 SN 소속 걸그룹 연습생이야."

"연습생?"

"웃기지. 아직 빛은 못 본 모양인데, 황 의원님이 정말 이뻐한다더라."

그 말은 능력은 안 되는데 황상진 의원이 억지로 밀어 넣었다는 소리로 들렸다.

"황상진 의원이 총애한다?"

"늦게 얻은 딸이잖아. 한데 너 황상진 의원 털어 보려고?"

이진의 반응에 송서찬이 넌지시 물었다.

"응. 탈탈 털어 보려고."

"그럼 양쪽 다 털어야 할걸?"

"그게 무슨 소리야?"

"왜냐하면 황상진 의원이 여당이지만 야당과도 끈이 많거든."

"그건 어떻게 알아?"

"하하하! 엔터테인먼트 해 봐. 온갖 추잡한 소리는 다 들려."

"그래? 뭐 들은 거 있어?"

"증권가만 찌라시 도는 거 아니야. 연예계도 마찬가지야."

맞다. 찌라시.

이진도, 아니 박주운도 알고는 있었다.

그러나 이진이 되면서 카더라가 대부분인 찌라시 같은 것이 유효할 리가 없었다.

그저 당장 눈앞의 이익이나 챙기고, 리스크나 피해 가려는 소액 투자자들에게나 유효한 것이었다.

증권회사 하나 정도는 지금 이진에게 소액 투자자로 보였다.

어쨌든 지금 송서찬은 그 찌라시를 이야기하는 것이었다.

이진은 거기서 대화를 멈췄다.

그리고 송서찬에게 물었다.

"한영 엔터테인먼트에 내가 도울 일은 없고?"
"당연히 있지."
송서찬이 웃었다.
"뭔데?"
"우리 고모 알잖아. 굉장히 보수적이셔. 원칙적이시기도 하고. 삼둥이 때문에 바쁘신데도 일정 부분 이상의 자금은 지금도 직접 결재를 하시거든."
이진은 곧바로 송서찬이 무슨 말을 하려는지 간파했다.
"투자가 필요하구나?"
"응. 한데 고모는 아마 안 해 주실 거야. 규모를 믿지 않으시거든."
이진은 웃어야 했다.
안나가 송서찬의 자금 투자 요청에 뭐라고 대답했는지 뻔했다.

'1달러로 못 벌면 만 달러로도 어림없어.'

이게 이진과 메리 앤이 어렸을 적 주로 들은 말이었다는 기록이 있었다.
그리고 어느 순간, 이진은 그런 안나의 철학을 그대로 받아들이고 있었다.
그러나 송서찬은 그런 교육을 받은 이진이나 메리 앤이

아니었다.

"내가 해 줄게."

"정말?"

이진의 갑작스러운 말에 송서찬의 얼굴에 화색이 돌았다.

이진은 즉시 오민영을 불렀다.

오민영이 송서찬에게 목례를 했다.

"부르셨습니까, 회장님!"

"엔터테인먼트 회사들 중 상위 회사들 시가 총액이 얼마나 돼요?"

"1위인 SN이 작년에 시가 총액 5,000억을 달성했습니다. 자산 총액 역시 비슷한 수준입니다."

"그래요?"

이진이 되묻자 송서찬이 얼굴을 붉히며 딴소리를 했다.

"우린 그렇게까지는……."

혹시 이 자식이 오민영을 좋아하나?

그렇지 않고서야 왜 얼굴을 붉힌단 말인가?

그러고 보니 오라고 하자 순식간에 오기도 했다.

마치 아무 일정도 없었던 것처럼 말이다.

이진은 날카로운(?) 눈매로 송서찬과 오민영을 주시했다.

오민영의 눈길 또한 자꾸 송서찬을 힐끗거린다.

이진은 일단 시치미를 딱 떼고 입을 열었다.

"그럼 한 그 4배로 해 봐. 한영 엔터테인먼트에 2조 원을 즉시 지원하고 상장 지원팀도 파견을 해요. 모든 전권은 여기 송 이사가 갖도록 하고."

"감사합니다, 회장님!"

"오민영 씨가 감사할 일은 아닐 텐데?"

"예? 예. 아, 죄송합니다."

오민영이 당황한다.

이진은 피식 웃었다.

"둘이 데이트는 나중에 하고 일단 처리해요."

"…예, 회장님!"

오민영이 얼굴이 빨개져 가지고 밖으로 나갔다.

이진이 입을 열었다.

"대신 조건이 있어."

"뭐, 뭔데?"

"더듬지 마. 다 눈치 깠으니까. 조건은 황하연을 스카우트해."

"황하연을? 걔 가능성도 없는데?"

"그냥 이자 낸다고 생각해. 그리고 잘해 봐. 안나는……."

이진이 화제를 돌렸다.

그러자 송서찬이 재빨리 말했다.

"알아. 고모 말씀이 다 맞는다는 거."

"넌 모르겠지만, 안나가 우릴 어떻게 교육시켰는지를 알면 너도 이해가 될 거야."

"언제 한번 그 이야기 좀 해 줄래?"

"그러자. 이번 투자는 부담 갖지 말고 해. 다 날려도 좋으니까 하고 싶은 만큼 해 봐."

"고맙다."

"안나에게 고마워해야지."

이진이 먼저 자리에서 일어났다.

그러자 송서찬이 일어나 물러났다.

곧바로 오민영이 들어온다.

"저기, 회장님!"

"괜찮아요. 서찬이도 그렇고, 오 비서님도 좀 늦었잖아요?"

서른이 넘었으니 결혼 적령기를 지나가는 중이다.

오민영은 외려 송서찬보다도 한 살이 많다.

"미리 말씀드렸어야 하는데……. 사실 이런 감정은 얼마 되지 않아서……."

"괜찮다니까요? 한데 오 비서님도 서찬이와 맺어지는 게 어떤 의미인지는 알죠?"

"…예."

오민영의 목소리가 기어들어갔다.

몇 년을 옆에서 지켜본 오민영이다.

게다가 송서찬은 테라의 핵심 주주 중 한 명인 안나의 조카.

결국 테라 가문에 발을 들이게 된다는 의미였다.

그게 그다지 편하지 않을 수도 있다는 걸 오민영은 잘 알고 있을 터.

더 말이 필요하지는 않았다.

"엔터테인먼트에 예쁜 여자들 많을 텐데? 잘 감시해요."

"예? 예, 회장님! 감사합니다."

오민영은 바로 눈물을 뚝뚝 흘리며 머리를 숙였다.

오민영이 우는 건 오랜만이었다.

처음 한국에 와서 입사를 했을 때는 몇 번 본 적이 있다.

메리 앤이 잘해 주었지만, 그래도 낯설고 업무가 많아 실수가 잦았다.

그때마다 혼자 몰래 계단으로 가 흐느끼는 걸 이진이 목격했었다.

그러나 그러고 난 다음은 늘 씩씩했다.

그리고 오늘이 있었다.

"서찬이 자식, 복도 많지. 난 나가 볼게요."

이진은 딴소리를 하며 밖으로 나갔다.

안나가 이진에게 따진 것은 다음 날이었다.

"서찬이는 아직 그런 많은 돈을 운용할 준비가 안 되어 있어요."

"내가 일 좀 하려고 해요. 그래서 엔터테인먼트가 좀 커 줘야 해요."

"그런 거라면야……. 그래도 전문 경영인을 들이는 게……."

안나의 송서찬에 대한 불신은 여전했다.

아니, 정확히 말하면 친가에 대한 불신이 자리를 잡고 있었다.

"이제 좀 용서해도 될 때가 됐잖아요."

"그건 회장님이 모르셔서 그래요. 오빠는 관에 들어갈 때까지도 절대 한영 못 놔요. 지금도 아마 칼을 갈고 있을걸요?"

"에이, 설마……."

찌릿.

메리 앤이 옆에서 거들다가 안나의 눈총을 받고는 슬그머니 꼬리를 말았다.

"메리도 좀 앉아요."

"예……."

메리 앤이 도망가려다가 안나의 목소리에 체포되었다.

이럴 때는 꼭 여고생 같았다.

이진은 메리 앤을 향해 웃다가 얼른 정색을 했다.

"탐욕은 어디서 시작돼요?"

"가까이 보고 자란 것에서부터요."

대답은 메리 앤이 했다.

"그럼 송인규 회장이 늘 본 건 뭐예요?"

"그야 한영이……."

"오빠는 죽어 관에 들어가도 절대 그걸 놓지 못할 사람이에요."

"하지만 서찬 씨는……."

"그 아이도, 미나도 전부 다 한영을 보고 자랐어요. 우리 테라에서는 가진 것을 놓는 것부터 가르쳤지만, 그 아이들은 달라요."

가진 것을 놓는 것부터 배우긴 했다.

아니, 그랬다고 했다.

움켜쥐지 말라고 말이다.

처음 어머니 데보라 킴이 1달러 지폐를 한 장씩 나눠 준 뒤 일주일 후에 물었다.

그걸 어디에 썼느냐고 말이다.

그때 메리 앤은 8살이었고 이진은 5살이었다.

메리 앤은 그걸 저금했다.

그러나 이진은 어이없게도 그걸 어디에 뒀는지조차 기억하지 못했다고 말했다.

그런데 칭찬을 받은 것은 이진이었고 메리 앤은 벌을 받았다.

이유는 간단했다.

움켜쥔 돈은 집착을 낳고, 그 집착은 결국 크기를 정한다는 논리였다.

탐욕이 생기고 그 탐욕에 집착하다 보면 더 큰 것을 보지 못한다는 논리.

정말 이진이 그 1달러를 무엇에 썼는지는 알지 못한다.

어쩌면 메리 앤이 잘못된 대답을 내놓아 일부러 잃어버렸다고 말했을지도.

어쨌든 갖되 집착하지 않는 걸 먼저 가르친 것이 데보라 킴이었고, 안나였다.

안나는 지금 그 탐욕을 경계하고 있는 것이었다.

"그, 그럼 안나는 송 회장님이 아직 복귀를 노리신다고 여기세요?"

메리 앤이 간신히 물었다.

"오빠가 무슨 생각을 갖고 있는지는 중요하지 않아요. 중요한 건 오빠 생각이 아니잖아요. 아직 저런 걸 물으면서 유니버스를 어떻게 경영하고 계시는지……."

"험! 그러니까 안나 말은……."

안나의 한탄에 이진이 얼른 도우려 나섰다.

그러나 메리 앤이 먼저였다.

"저도 알아요. 송 회장님이 그렇게 생각하지 않는다고 하셔도 그분 생각대로만 되는 거 아니란걸요."

"그래도 아시니 다행이네요."

"하지만 안나 오빠잖아요. 게다가 조카에게 고작 2조 원을, 준 것도 아니고 투자를……."

"고작이요?"

안나의 눈빛이 매서워졌다.

말실수를 한 것이다.

돈은 크기의 문제가 아니라 가치의 문제란 걸 그렇게 가르쳤건만.

"…제가 실언했어요."

"……."

메리 앤이 사과했지만 안나의 표정은 풀리지 않았다.

자칫 오래갈 뻔한 오랜만의 훈육에서 메리 앤과 이진을 구해 준 것은 이요였다.

"아빠, 엄마! 안나 할머니한테 혼나?"

이요의 등장에 안나의 표정은 확 달라졌다.

"요는 여기 웬일이야? 엄마, 아빠는 지금 잘못한 게 많아서 혼나는 중인데……."

"뭐 궁금한 게 있어서……."

메리 앤의 말에 둘째가 대답하자 안나는 고개를 흔들며 자리에서 일어났다.

"어쨌든 지난 일이니 더 말씀드리지 않을게요. 그래도 그 아이는 그만한 돈을 운용할 그릇은 아니에요."

안나가 눈을 흘기며 나갔다.

그러자 아들 이요도 따라 나가려 한다.

메리 앤이 황급히 붙잡았다.

"요는 그런데 왜 나가? 엄마한테 할 말 있어서 온 거 아니었어?"

"아니. 구해 주러 온 거지."

"그, 그래?"

"서로 돕고 사는 거지, 뭐. 마음에 두지 마."

"쿨럭!"

인생은 짧다.

그러니 그 짧은 인생 동안 배울 수 있는 것도 제한이 될 수밖에 없다.

그래서 인간은 학습을 한다.

역사와 전통을 우습게 여기는 사람들도 있다.

또 그런 역사와 전통에 지나치게 집착하는 사람들이 있다.

테라의 교육은 역사와 전통에서 배울 수 있는 것을 배우는 데 집중되어 있다.

존중하되 버릴 것은 과감히 버리고 배울 것은 받아들이는 합리적인 방식이다.

4월이 되자 결국 딸 이령과 막내 이선은 초등학교를 그만두게 되었다.

여기저기서 말이 나오려다가 둘째 이요가 계속 경회초등학교를 다닐 것이고, 이것이 아이들의 선택이라는 보도자료가 나가자 언론은 잠잠해졌다.

경회초등학교에서는 안도의 한숨을 내쉬는 분위기였다.

일단 아이들 뒷바라지를 위해 안나가 출국을 했다.

성북동 집에는 이진과 메리 앤과 둘째 이요, 셋이 남게 되었다.

메리 앤은 자주 미국에 가서 아이들을 보기로 했다.

늘 떠들썩하던 삼둥이 중 둘이 없자 집은 적막강산이었다.

4월 중순이 되자 전칠삼과 오시영이 이진을 찾았다.

"현역 의원 10명을 확보했습니다. 내년 총선 전 창당을 끝내고 20석 이상을 확보할 수 있도록 할 예정입니다."

이진에게 보고를 한 사람은 오시영이었다.

오시영이 정치권 진입에 대한 모든 일을 총괄하고 있었다.

일본 정치권 진입도 동시에 진행되었다.

중국은 폐쇄적인 공산당 진입 대신 막후 영향력을 행사하는 걸로 가닥을 잡았다.

목표는 창당과 원내 교섭 단체 구성이었다.

이진은 막후 영향력을 행사하길 바랄 뿐 정치에 관여할 생각은 없었다.

"현재 여권은 여전히 황상진 의원의 영향력이 막강하죠?"

"예. 현 대통령 직속 라인이라고 보시면 됩니다. 하지만 황상진이야 언제든 옷을 갈아입을 위인 아니겠습니까?"

"그럼 내년 총선 전까지 일을 내서 그 지역구를 신당이 장악하도록 한번 가 보시죠."

"예. 현명하신 판단이십니다."

전칠삼이 늘 하는 뜬금없는 칭찬.

이진은 이참에 황상진과 연결된 후지 고오에의 세력을 국내에서 몰아낼 생각이었다.

그리고 다시는 발붙이지 못하도록 만들 작정이었다.

7권에 계속

www.mayabooks.co.kr